마지막 스승
법정스님

그림 정윤경

경원대학교 조소과 졸업. 영국 킹스턴대학교 대학원에서 일러스트레이션을 공부했다.
『법정스님 인생응원가』, 『굿바이 붓다』, 『세상에서 가장 아름다운 이름, 어머니』의 삽화를
그렸고, 그림동화 『마음을 담는 그릇』, 『바보 동자』 등을 냈다. 현재《미디어붓다》연재물
인 『소설 금강경』의 삽화를 그리고 있다.

마지막 스승 법정스님

초판 1쇄 인쇄 2024년 2월 13일
초판 1쇄 발행 2024년 2월 25일

지은이	정찬주
펴낸이	정태욱
펴낸곳	여백출판사

총괄기획	김태윤
편집	김미선
디자인	안승철
인쇄	성광인쇄
제본	대흥제본

등록	2019년 11월 25일(제2019-000265호)
주소	경기도 고양시 덕양구 삼원로 73, 1213호
전화	031-966-5116
팩스	02-6442-2296
이메일	ybbook1812@naver.com

ISBN 979-11-90946-32-2(03810)

ⓒ글 정찬주, 그림 정윤경, 사진 유동영, 2024

마지막 스승
법정스님

정찬주 지음

여백

사자같이, 바람같이, 연꽃같이 살아라.
비교하지 마라. 자기만의 꽃을 피워라.

우리 모두가 그리운 스승 법정스님

장독대 옹기항아리 소래기 위에 쌓인 눈(雪)의 키가 점점 자라고 있다.
입춘이 지났으니 봄눈이라고 할 수 있다. 얼마나 쌓이는지 가끔 눈(目)이
간다. 지금 내리고 있는 봄눈은 쌀가루 같은 가루눈이다. 잘고 얌전하게
내리는 가랑눈이나 가늘고 성글게 내리는 포슬눈과 흡사한데, 소나기
처럼 쏟아지는 소낙눈이나 큰 눈송이들이 흩날리듯 내리는 함박눈과는
다르다. 눈에 띄지 않게 시나브로 오솔길을 지워버리는 눈이 가랑눈이
나 가루눈, 포슬눈인 것이다.

이른 봄의 가루눈이 산방 이불재 툇마루에 자꾸 쌓인다. 옛 선사는
수행하던 띳집 툇마루에 쌓인 눈을 보석 같다고 말했지만 나는 자꾸
비질을 하고 있다. 얼마나 고독했으면 눈을 보고 보석이라고 했을까?
불가(佛家) 스승이신 생전의 법정스님께서는 고독할지언정 고립되지
말라고 했는데, 그 말씀의 뜻을 알 것 같다.

이번에 발간하는 산문집 제목은 『마지막 스승 법정스님』이다. 법정스님은 우리시대, 우리 모두의 스승이기도 하다. 나에게는 왜 마지막 스승이 법정스님이신가? 나로서는 그럴 만한 사정이 있다. 첫 번째 스승은 사춘기 방황을 멈추게 해주신 분이 있는데, 나의 아버지이시다. 두 번째 스승은 대학시절에 고결한 문학정신을 일깨워주신 동국대 홍기삼 전 총장님이시다.

법정스님은 내가 샘터사에 입사한 뒤에야 뵀다. 스님의 원고 편집 담당자가 되어 스님을 자주 뵙곤 하였다. 스님과 인연을 맺은 지 6년 만에 스님으로부터 계첩과 법명을 받고 재가제자가 되었다. 이와 같은 사연으로 법정스님은 나의 세 번째 스승, 즉 마지막 스승이 되신 것이다.

『마지막 스승 법정스님』에 실은 원고는 주로 신문사나 잡지사의 청탁을 받고 썼던 글들이다. 거기에다 한두 해 전에 절판되다시피 한 책에서 가져온 글도 있다. 이번에야말로 스님과의 개인적인 인연과 사연을 가능한 한 모두 모아야겠다는 필요를 느껴 여기 저기 흩어져 있는 글들을 한데 묶기로 했던 것이다. 책으로 묶어두지 않으면 기억에는 한계가 있으므로, 더구나 칠십 고개를 넘어선 내 나이로 보아 부지불식간에 잊혀져버릴 것 같아서였다.

물론, 스님의 엽서와 편지, 유묵(遺墨)에 붙인 긴 사연들인 1부 '맑고 향기로운 스님'의 내용은 이번에 새로 선보이는 글들이다. 나 혼자 스님의 흔적들을 감상하는 것도 좋지만 스님을 그리워하는 이들과 함께 공유하는 것도 의미가 있을 듯싶다. 스님의 엽서와 편지, 유묵이 갖는 사연을 상세하게 밝히고 있기 때문에 스님의 정신과 품격, 사상 등을 다소나마 엿볼 수 있음이다.

2부 1장 '불일암은 법정스님이다'는 불일암 공간에 저장된 추억과 사연들이다. 불일암 이야기는 나의 산문집에서 두세 번 다뤘는데, 또 다시 반복하는 이유는 불일암이야말로 법정스님께서 가장 치열하게 정진했던 공간이고, 푸른 산빛 같은 자연주의적 칼럼을 활발하게 발표하여 어둔 세상을 맑혔던 곳이기 때문이다. 2부 2장은 내가 듣고 보았던 스님의 말씀과 당시 실제상황을 복기해 본 글들이다. 그러니 2부 2장은 아난다의 '나는 이와 같이 들었다' 즉 여시아문(如是我聞)처럼 목격담의 글이라고 해도 무방할 것이다. 또 하나 밝히고 싶은 점은 어느 산문집에 한 번 실렸던 글을 또 이 책에 소개했다는 것이다. 나의 상상력으로 쓴 허구가 아니라 스님의 진면목을 바로 알게 하는 논픽션 요소가 짙기 때문에 새로 접하는 독자들을 위해서이다.

3부는 내 산방인 이불재에서 경험하는 사계의 글들이다. 오래 전에 발표한 글들이어서 지금 보기에 다소 어색한 표현도 있지만 이 또한 나의 개인사이니 그냥 두기로 했다. 지나간 삶의 자취는 사라지는 것이 아니라 단층처럼 켜켜이 쌓이는 게 아닐까 싶다. 가만히 들여다보니 나를 성장하게 한 경험들이 제법 있다. 독자들에게도 삶에 도움을 주는 훈수가 될 수도 있겠다 싶은 생각이 든다.

아무튼 법정스님과의 인연과 사연들을 급하게 한데 모으고 보니 중복되는 내용이 더러 보인다. 스님께서 나에게 계첩과 법명을 주시던 그날의 불일암 오동나무 호반새 이야기나 '태풍의 대변인'이 된 풍경 이야기나 1천억 원대의 대원각을 우여곡절 끝에 시주한 김영한 보살의 이야기가 그것이다. 아마도 나의 머릿속에 강렬하게 각인된 소재를 여러 지면에 발표했기 때문일 것이다. 최후 교정 단계에서 중복되는 이야기는 하나만 남기고 빼버릴까 하고 망설였다가 그대로 두기로 했다. 내 개인적인 생각이겠으나 두세 번 반복된 사연이지만 그때마다 내 지친 영혼을 톡톡 두드리는 것 같은 느낌이 들어서였다.

그렇다. 내가 『마지막 스승 법정스님』을 발간하는 이유 중에 하나는 누군가의 지친 영혼에게 다가가서 문을 두드리듯 노크하지 않을까 하는 기대 때문이다. 문은 두드리면 열린다고 했다. 종교계마저도 미세먼지로 가득 차 있는 것 같은 오늘, 내가 전하는 법정스님의 가르침 한 줌이 신산한 삶으로 힘겨운 독자들에게 위로와 응원이 된다면 나로서는 더 바랄 것이 없을 듯하다.

끝으로 『마지막 스승 법정스님』을 발간하기까지 노고를 아끼지 않는 분들에게 고맙다는 말을 전하고 싶다. 이 산문집을 기획한 김태윤 님,, 표지와 각부 대문(도비라) 사진을 제공한 유동영 사진작가, 본문 삽화를 아름답게 그려준 정윤경 일러스트레이터, 교정을 도와준 호연님, 편집과 디자인에 간여한 여백출판사 여러분에게 감사를 드린다.

봄눈이 녹으면 머잖아 내 산방 뜰에도 청매 꽃이 필 것이다. 올해 청매 꽃향기는 겨울 삭풍이 모질었으므로 콧속을 더욱 찌르리라. 황벽선사의 게송 한 구절이 문득 떠오른다.

추위가 한 번 뼈에 사무치지 않으면[不是一番寒徹骨]
어찌 코를 찌르는 매화향기를 얻을 수 있으리오[爭得梅花撲鼻香].

2024년 2월 이불재에서
정찬주 합장

작가의 말   우리 모두가 그리운 스승 법정스님 5 |

• 1부 •

맑고 향기로운 스님

이 늙은이는 누구인가? 17 | 서른 네 살의 나 23 |
스님 고향이 으디신게라우? 29 | 삶의 신호등 35 |
진리는 번뇌에서 나온다 41 | 낙관이 없는 무염산방 글씨 47 |
송광사 분원 LA 고려사 53 | 조계산 달을 보고 가시오 59 |
명산에는 좋은 차가 있고 65 | 법정대선사 은거도 73 |

• 2부 •

마
지
막
스
승
법
정
스
님

1장 불일암은 법정스님이다

삼나무와 억새의 전언 83 |
사람과 짐승의 차이는 무엇인가? 87 | 물 흐르듯 꽃 피듯 91 |
나를 만나러 가는 길 95 | 어디에 계시겠습니까? 99 |
속뜰은 평수가 없다 103 | 무소유는 나눔이다 107 |
스님, 그립습니다 113 |

2장 스님의 가정방문

마지막 봄 말씀 133 | 스님의 가정방문 138 |
대통령의 초대 142 | 스님의 모국어 사랑 146 |
무소유를 소유하려는 세상 151 | 입과 눈과 귀 155 |
여러 사람에게 갈 행복 159 | 좋은 친구 찾기 163 |
혼밥과 혼차 167 | 세 권의 책 171 |
절은 절하는 곳이다 175 | 고승의 조건 179 |
너무나 인간적인 축사 183 | 후회스러운 선물 187 |
법정스님 찻잔 191 | 우연은 없다 195 |

• 3부 •

법
정
스
님
처
럼

이불재 겨울

연통과 소통 204 | 무소유 길 209 |
살얼음판 위에 선 인생 213 | 사립문과 고드름 217 |
산중의 바깥식구들 223 | 한 뿌리의 이파리들 227 |
낙향한 작가의 예의 230 |

이불재 봄

텃밭의 호된 가르침 236 | 소나무를 심은 뜻은 240 |
어디가 머리이고 어디가 다리인가? 244 |
씨앗은 진퇴를 안다 248 | 잡초와 약초 253 |
차를 마시면 흥하리 256 |

이불재 여름

고요한 아침식사 262 │ 칡덩굴의 탐욕 266 │
1004 달러 270 │ 더울 때는 더위 속으로 275 │
길고양이의 보은 279 │ 참된 공생이란 283 │
외로움이 힘이다 288 │ 달을 구경하다 292 │

이불재 가을

도자기의 환골탈태 298 │ 아버지 이순신 302 │
모든 생명의 가치는 같다 306 │
은목서 향기에 가을이 깊어가네 310 │ 고갯길이 인생길이다 315 │
카잔차키스를 찾아서 319 │ 산방의 가을 손님들 323 │
인생은 짧고 예술은 길다 328 │

1부

맑고 향기로운 스님

송영방 화백의 법정스님 소묘.

이 늙은이는 누구인가?

원공(圓空) 송영방 화백님은 나에게 늘 "우리는 법정스님께서 법명을 주셨으니 도반이오."라고 말씀하시곤 했다. 몇 해 전에 송 화백님이 돌아가셨다는 소식을 듣고 얼마나 놀랍고 안타까웠는지 모른다. 서울생활을 청산하고 남도산중으로 낙향해서 살고 있으므로 부고를 받지 못한까닭에 조문도 하지 못했던 것이다.

소묘에는 1991년 12월이라는 날짜가 쓰여 있다. 그러니까 법정스님께서 같은 해에 법명을 주셨던 것 같다. 나는 법명을 봄에, 송 화백님은 가을쯤 받았음이 틀림없다. 송 화백님은 스님의 산문집에 가끔 삽화를 그렸는데 샘터 편집자였던 내가 청탁하곤 했다.

불일암에 계시던 법정스님께서 샘터사에 오신다는 말씀을 듣고, 나는 바로 송 화백님에게 전화로 알려드렸다. 그러자 송 화백님은 멋진 중절모를 쓰고 나타나셨는데, 송 화백님의 손에는 큰 봉투 하나가 들려 있었다. 법정스님 소묘는 그 봉투 안에 있었다. 송 화백님이 봉투 안에 든 법정스님 소묘 그림을 꺼내면서 말했다.

"4B연필로 스님 얼굴을 한 번 그려봤습니다."

그러자 스님께서는 칭찬이나 감탄의 격려보다 낯선 사람을 만난 듯 말씀하셨다. 순간적이었겠지만 스님께서는 아직도 풋풋한 청년스님이라고만 생각하시고 계신 듯했다. 그러나 불일암 시절은 16년이나 흘렀고, 세수는 어느 새 60세이셨다.

"이게 누구여. 웬 늙은 중인고? 내가 많이 늙어버렸네."

"저어, 스님이십니다."

"허허허."

송 화백님도 머쓱한 표정을 지었다. 그러나 내 눈에는 탐구적인 예리한 눈매와 정수리에서 턱까지의 길쭉한 두상은 영락없는 법정스님이었다. 그래도 스님께서 산문집 어디에 사용해도 좋다는 말씀을 끝내 하지 않으셨기 때문에 송 화백님은 나에게 법정스님 소묘 초상화를 선물하고 말았다. 지금 생각해보면 스님께서 당신의 소묘가 마음에 들지 않았던 것이 아니라 당신의 얼굴을 당신의 산문집 속에 버젓이 넣기가 부담스러워서 그러셨던 것이 아니었을까 싶다.

나는 송 화백님의 법정스님 소묘를 가끔 꺼내 보곤 한다. 어찌 보면 석굴암에 조각된 두타수행자 마하가섭 존자 같은 느낌도 든다. 아무튼 나는 이 소묘 속에서 스님의 개결한 정신, 원숙한 지혜로움, 맑은 영혼을 만나곤 한다.

나는 송 화백님의 법정스님 소묘를 가끔 꺼내 보곤 한다.
석굴암에 조각된 두타수행자 마하가섭 존자 같은 느낌이 든다.
개결한 정신, 원숙한 지혜로움, 맑은 영혼을 만나곤 한다.

송영방 화백의 봉황 그림,

　참고로 송 화백님은 우리가 배웠던 초등학교 교과서에 삽화를 가장 많이 그렸던 화가 중에 한 분이다. 서울대학교 미술대학을 졸업한 송 화백님은 국전 심사위원이셨고, 동국대학교 미술대학 학장을 역임하셨는데 큰딸이 고3 때 미술대학을 진학한다고 하자 인사동에서 스케치북을 사서 선물할 만큼 정이 많으셨다. 결국 큰딸은 송 화백님의 제자가 되었다. 나의 산문집 『암자로 가는 길』(전3권)에 흔쾌히 붓으로 삽화를 그려주신 고마운 분이다.

　불교계 언론 지면에 일타스님 일대기 장편소설 『인연』과 혜암 종정 스님 일대기 장편소설 『가야산 정진불』을 연재할 때 송 화백님은 바쁘신 데도 불구하고 삽화를 맡아주셨다. 아마도 송 화백님의 그러한 마음은 순수한 감성에서 비롯되지 않았나 싶다. 어린 시절에 동화 『프랜더스의 개』를 읽고 난 뒤, 그 감동을 오랜 동안 잊지 못하다가 마침내 대학을 졸업하고 나서야 벨기에 플랜더스 지방을 여행했을 만큼 감성이 순수했던 것이다. 아무튼 손에 항상 스케치북을 들고 다니시며 잠시라도 그림을 그리지 않으면 손목이 굳는다고 말씀하시던 송 화백님의 모습은 끊임없이 정진하는 수행자 같았다.

법정스님과 송 화백님을 동시에 생각나게 하는 이 소묘는 내가 보관하고 있는 애장품 중에서도 몹시 소중하게 여기는 것들 중에 하나이다.

어른 억새풀 같은 스님과
새끼 억새풀 같은 서른 네 살의 나.

서른 네 살의 나

이 사진은 1985년 여름에 회사 일로 불일암에 갔다가 송광사 경내로 내려와 스님과 함께 찍은 기념사진이다. 1984년 12월에 샘터사에 입사했으니 몇 개월 후의 일이다. 법정스님 산문집을 펴내는데 동화작가 정채봉 형이 메인 편집자였고, 나는 스님의 원고 교정을 담당한 서브 편집자였다. 이를 테면 작고한 아동문학가 정채봉 형과 나는 동국대학교 국문과 선후배 사이이자 사수와 조수 관계였다.

이때는 스님의 산문집 『물소리 바람소리』 원고를 모으고 있을 무렵이었던 것 같다. 산문집이 나오기 몇 달 전부터 나는 책 표지에 들어갈 문장을 뽑고 표지화가 선정 작업에 들어갔다. 발간하게 될 『물소리 바람소리』 뒤표지에 들어갈 문장을 점지해두고 있었는데 정채봉 형이 흔쾌하게 OK 했던 기억이 난다.

'물소리 바람소리에 귀기울여보라. 그것은 우주의 맥박이고, 세월이 흘러가는 소리이고, 우리가 살 만큼 살다가 갈 곳이 어디인가를 소리 없는 소리로 깨우쳐줄 것이다.

이끼 낀 기와지붕 위로 열린 푸른 하늘도 한번쯤 쳐다보라. 산마루에 걸린 구름, 숲속에 서린 안개에 눈을 줘보라. 그리고 시냇가에 가서 맑게 흐르는 시냇물에 발을 담가보라. 차고 부드러운 그 흐름을 통해 더덕더덕 끼어 있는 먼지와 번뇌와 망상도 함께 말끔히 씻겨질 것이다. 물소리에 귀를 모을 일이다.'

월간 《샘터》에 연재했던 스님의 원고를 모아 불일암으로 내려가곤 했다. 스님은 책 제목과 표지화가 선정에 간여할 뿐 대체로 편집자의 재량에 맡겼다. 이때까지만 해도 스님은 표지화로 장욱진 화백의 '바보산수'를 선호하셨다.

그런데 오탈자만큼은 초지일관 매의 눈으로 지적하셨다. 오탈자가 있는 책은 불량품일 수밖에 없고, 출판사가 불량품을 독자들에게 선보인다는 것은 무례한 일이라고 말씀하셨다. 그런 이유로 스님께서 오탈자를 지적하실 때는 등골이 오싹했다.

지적을 받은 내가 풀이 죽어 있으면 스님께서는 삼십 대의 내가 안쓰러웠던지 차를 우려주시거나 어느 때인가는 서울로 돌아가는 나에게 조지 윈스턴의 〈디셈버〉 CD를 주셨다. 청랭하고 허허로운 낙목한천(落木寒天)의 풍경을 떠올리게 하는 조지 윈스턴의 피아노 연주곡은

물소리 바람소리에 귀기울여보라.
우주의 맥박이고 세월이 흘러가는 소리이다.

한동안 나를 사로잡았다. 이때는 내가 너무 어리고 일밖에 모르는 일벌레 시절이어서 스님의 내면을 깊이 들여다보지 못한 철부지 편집자였다는 생각이 강하게 든다. 가령 스님의 초기 글들에는 '것이다'라는 문장이 많았는데, 나는 당돌하게 지적하고 스님의 동의를 받아낸 적이 있었다.

"맞아요. 젊었을 때 쓴 글들을 보면 거칠어요. '것이다'가 많은 것도 문장을 거칠게 하는 요인이지요."

그래서 스님께서는 이미 발간한 산문집도 재판이 나오기 전에 '것이다'부터 없앴다. 스님 문장을 명문이라고 하는데 그러한 명성이 아무런 수고 없이 얻어진 것이 아님을 밝힌다.

이 사진은 나의 FM2 카메라로 송광사 종무소에서 소임을 보던 한 대중스님이 찍어주었던 것으로 기억이 난다.

밤새 풍경소리를 들었던 불일암 옛 아래채.

정찬주 님 께

사진 설명 교정 받았습니다.

(부겐 빌 라 아
(시 타 르
(미 얀 마   를 통일 합시다.

'숯트 나트라' 글자 에 [改訂(改?)] 이라고
밝히시 옵시옵.

TV 출연료 강연료 대조 참
아. 출반... 들로 인해 기... 로
...해... 되... 합니다. 틈 만 나서
못할 일임을 깨우쳐 주고 싶습니다.
6월 15일 조 께산에서 보냅지오.

'89.4.28.

산문집 『인도기행』 교정을 꼼꼼하게 보신 뒤 보낸 편지.

스님 고향이 으디신게라우?

1985년 여름에 스님을 뵌 이후 나는 자주 불일암을 내려갔다. 처음에는 스님의 산문집 편집 일로 내려갔지만 나중에는 가족이 함께 불일암에서 휴일을 보내기도 했다. 그러자 스님의 정갈한 속뜰이 언뜻언뜻 보였다. 스님은 결코 차갑고 까칠하기만 한 분은 아니었다. 체온이 느껴지는 불일암 후박나무처럼 스님의 가슴은 따뜻했고 속정이 많으셨다.

점심공양 때가 되면 스님께서 국수를 삶아 찬 샘물에 담가 맛있는 국수요리를 하셨고, 나는 공양 뒤에 뒤치다꺼리를 하는 설거지 당번을 맡곤 했다. 스님은 국수 한 가닥도 허투루 다루시는 일이 없었다. 찬 샘물에 삶은 국수를 헹구실 때 국수 한 가닥이 바위 밑으로 떨어지자 스님은 수행자로서의 자세를 드러내셨다.

"신도가 수행 잘 하라고 보내준 국수이니 이것도 정재(淨財)가 아닌가."

작가랍시고 글을 쓸 때 내용이 흡족하지 않다고 원고지를 함부로 찢고 버렸던 나를 뜨끔하게 했다. 국수 한 가닥이 정재, 즉 맑은 물건이 듯 원고지도 나에게는 내 소중한 생각을 담아내는 정재였던 것이다.

아무튼 5, 6년 동안 스님과 나 사이에는 알게 모르게 신뢰가 쌓였다. 스님의 산문집도 『물소리 바람소리』에 이어 89년에는 『텅 빈 충만』을 편집했다. 교정지에서 오탈자가 사라지자 스님은 몹시 흡족해 하셨다. 이제는 업무 출장이 아니더라도 나는 불일암에 내려가 스님의 차방에서 차를 마시며 다도(茶道)를 익히곤 했다.

한번은 아내와 두 어린 딸을 데리고 불일암을 내려가기도 했다. 연년생인 어린 딸들은 스님 방으로 들어가 침대 위에서 뛰어놀았다. 스님은 조금도 얼굴을 찌푸리시지 않고 아이들에게 알사탕을 주며 웃으셨다. 훗날 아이들이 초등학교에 입학하자 광화문 교보문고에서 고급스러운 양장본 일기장을 사서 아이들에게 주라고 하신 일도 있었다.

이 편지는 스님께서 『인도기행』 3교 교정지를 보시고 나서 보내신 것이다. 부겐빌리아는 인도 어느 지역에서나 우리나라 진달래처럼 하얗고 붉게 피어 있는 꽃이다. 그리고 시타르는 고음이 가늘고 선명한 인도 전통현악기이다. 숫타니파타는 초기경전으로 몇 군데 손을 보았으므로 '개정판'이라고 밝히라는 당부이시다.

재미있는 편지 부분은 하단에 있는 내용이다. 내용을 그대로 옮겨보면 다음과 같다.

연년생인 어린 딸들은 스님 방으로 들어가
침대 위에서 뛰어놀았다. 스님은 조금도 얼굴을
찌푸리시지 않고 아이들에게 알사탕을 주며 웃으셨다.

'TV 출연 후 현품대조차 오는 골빈당들로 인해 참으로 번거롭고 피곤합니다. 두 번 다시 못할 일임을 깨우쳐주고 있습니다. 6월 15일 조계산에서 만납시다. 법정 합장'

스님께서 TV 출연하신 후부터 불일암에 사람들이 밀려든 것은 사실이다. '생각 없이 사는 무리'를 스님은 '골빈당'이라고 하셨다. 내가 갔을 때도 사람들이 삼삼오오 불일암으로 계속 올라오고 있었다. 그때 어느 한 중년사내가 스님을 보고 말했다.

"스님, 텔레비전에서 봤는디 법정스님이 아니신게라우?"

"현품대조해 보려고 오셨군요."

"지는 해남에서 왔그만요. 스님 고향이 으디신게라우?"

"내 고향이오? 그거 화두네요."

스님도 태어난 고향은, 이순신 장군이 명량해전에서 대승을 한 울돌목바다 바로 위쪽인 해남 문내면 선두리였다. 그러나 스님은 '부모 몸을 빌려 태어나기 이전의 나의 모습은 무엇인가?'(父母未生前 本來面目)을 생각하셨는지 '나의 화두'라고 말씀하시며 허허롭게 웃으셨다.

나는 스님께서 청년 시절을 보낸 문내면 선두리를 장편소설 『소설 무소유』에서 다음과 같이 묘사한 적이 있다.

'바다가 잠을 이루지 못했다. 북풍이 잔 뒤에도 파도는 새벽녘까지 크게 출렁거렸다. 파도소리가 좁은 고샅길까지 올라왔다가 스러졌다.

고샅길은 석성과 토성 안으로 손금처럼 뻗어 있었다. 동헌과 군기고, 영창이 있었던 선두리마을 일대는 지금도 집단 거주지로서 면사무소와 초등학교가 있고, 식당과 크고 작은 가게가 많았다. 닷새마다 장이 서면 배를 타고 온 섬사람들로 북적거렸다. 청년이 사는 초가는 선창에서 뻗은 고샅길이 가랑이처럼 두 갈래로 갈라지는 곳에 있었다.'

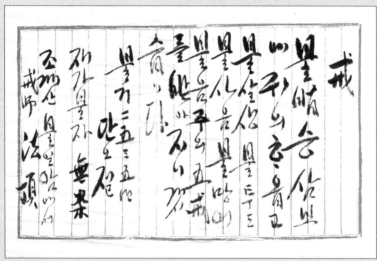

'저잣거리에 살되 물들지 말라'는 뜻의 법명, 무염(無染)을 주시다.

삶의 신호등

1991년 6월 15일에 불일암으로 내려오라는 스님의 편지를 받은 나는 마음속으로 이제는 스님의 제자가 되어야겠다고 결심했다. 나는 홀가분한 마음으로 불일암을 찾았다. 이번에는 회사 일이 아닌 그야말로 내 자신을 위한 걸음걸이였다.

스님도 내가 편집한 인도여행 산문집 『인도기행』을 발간한 뒤였으므로 하루쯤 불일암에서 쉬었다가 가라고 나를 불렀을 터였다. 그때 나는 이번에는 스님께 법명을 받아 재가제자가 되려고 작심했던 것이다. 불일암에 도착한 나는 스님께 큰절을 한 뒤 작심한 바를 말씀드렸다.

"스님, 법명을 받고 싶습니다."

"지금까지 불자이면서 법명이 없었나요?"

"예, 그럴 기회가 없었습니다."

"그렇다면 오늘밤에 생각해보고 내일 아침에 주겠소."

스님은 흔쾌하게 허락하셨다. 아마도 1986년 여름부터 나를 만나 얘기해보고 내 성향을 지켜보았으므로 법명 받을 때가 됐다고 생각하시는 것 같았다. 나는 차를 마시다 말고 스님께 어려운 부탁을 드렸다. 지금 생각해 보면 아주 당돌한 태도였다.

"스님, 법명을 주시되 인생의 좌우명 같은 법명이라면 더 좋겠습니다."

"거사님 나이가 사십대 초반이지요?"

"네, 스님."

"패기가 없다면 젊은이가 아니에요. 서울에 올라가서 젊은이들을 보면 삶이 힘든지 벌써부터 어깨가 처져 있어요. 시들시들하지 말아야 해요. 젊은이답게 생기가 넘치고 풋풋해야 합니다."

나는 불일암 아래채에서 하룻밤을 묵었다. 풍경소리가 가끔 들려와 내 잠을 깨우곤 했다. 스님께서 '태풍의 대변인'이라고 명명한 풍경소리였다. 스님께서 태풍이 지나가는 날 주무시다가 풍경소리가 너무 시끄러워 한밤중에 사다리를 놓고 올라가 풍경을 떼버렸다는 말씀을 듣고, 바람이 웬만큼 불어도 소리를 내지 않는 풍경을 인사동에서 주문해 보내드린 적이 있었던 것이다. 놋쇠를 망치로 두드려 만든 인사동 장인의 방짜 풍경이었다. 그런데 내가 선물한 방짜 풍경은 태풍이 불 때나 소리를 냈으므로 스님은 '태풍의 대변인'이라고 명명했던 것이다. 어떤 사연으로 아래채 처마로 내려왔는지는 모르겠지만 나는 내가

"살다 보면 욕심 때문에 샛길로 빠질 때도 있을 것이오.
그럴 때마다 신호등 같은 계를 생각하면 발걸음이 멈추어질 것이오.
계란 삶의 신호등 같은 것이오."

스님께 보시한 방짜 풍경임을 바로 알아챘다.

다음날 이른 아침.

나는 위채로 올라가 스님께 정식으로 삼배를 올린 뒤 봉투에 삼귀오계(三歸五戒)와 무염(無染)이라고 쓰인 계첩을 받았다. 스님은 나에게 내린 법명의 뜻을 말씀해주셨다.

"저잣거리에 살면서도 물들지 말라는 뜻에서 무염이란 법명을 지어보았소."

다른 표현으로 하자면 진흙탕 속에서 청정한 꽃을 피우는 연꽃처럼 살라는 말씀이었다. 진흙탕 같은 현실 속에서도 맑고 향기로운 연꽃처럼 살라는 뜻이었다. 그러고 보니 인생길의 좌우명을 삼아도 손색이 없었다. 또 스님께서는 계를 받는 공덕에 대해서도 법문해주셨다.

"살다 보면 욕심 때문에 샛길로 빠질 때도 있을 것이오. 자의반 타의반으로 허물을 지을 때도 있을 것이오. 그럴 때마다 신호등 같은 계를 생각하면 발걸음이 멈추어질 것이오. 그렇소. 계란 삶의 신호등 같은 것이오."

스님과 함께 문을 열고 불일암 계단을 내려섰다. 아침 햇살이 텃밭에 쏟아지고 있었다. 스님께서 휘파람을 불자 해우소 옆 오동나무 구멍에서 호반새가 나오더니 개인기를 과시하듯 공중제비를 했다. 1991년 6월 16일, 단옷날(음 5월 5일) 아침의 풍경이었다. 나로서는 불자로서 B.C시대에서 A.D시대로 넘어가는 분기점에 선 느낌이 들었다.

그런데 법정스님이 불일암 시대를 접고 강원도 오두막으로 떠나시자, 공중제비를 하던 호반새도 어디론가 날아가 버렸다고 한다. 이후 호반새의 집이었던 오동나무 구멍도 자신의 살로 메워 없어졌다고 하는데, 인간과 새와 나무가 보여주는 동화 같은 인연의 이야기가 아닐 수 없다.

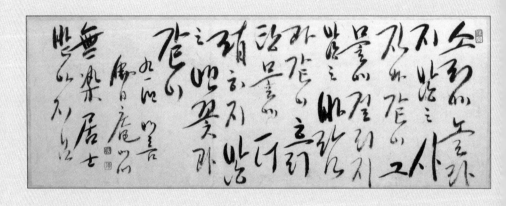

팔만대장경의 대의가 들어 있다는 『숫타니파타』의 한 구절.

진리는 번뇌에서 나온다

스님은 1991년 여름에 부처님의 육성이 가장 오롯하게 담긴 초기경전
『숫타니파타』에 나오는 한 구절을 붓으로 썼는데, 나와 이해인 수녀님
에게 보냈다. 재가제자인 나에게는 스님께서 화두 삼아 사색하라고 써
서 보낸 것이고, 이해인 수녀님에게는 수녀님의 요청으로 쓴 붓글씨였
다. '구름수녀님의 청으로 붓장난을 하다'라고 쓰셨기 때문에 밝혀진 사
실이다.

　그런데 같은 내용이지만 나와 수녀님에게 보낸 글이 조금 다른데
다음과 같다. 먼저 나에게 보내주신 글을 보자.

　　소리에 놀라지 않는 사자와 같이
　　그물에 걸리지 않는 바람과 같이
　　흙탕물에 더럽히지 않는 연꽃과 같이.

이해인 수녀님에게 보낸 글은 한 행이 더 많다.

소리에 놀라지 않는 사자와 같이
그물에 걸리지 않는 바람과 같이
흙탕물에 더럽히지 않는 연꽃과 같이
무소의 뿔처럼 혼자서 가라.

어째서 이와 같은 차이가 있을까? 그 이유는 결혼해서 살아가는 재가자와 독신으로 수행하는 수도자의 입장을 고려한 것임을 알 수 있다. 겉으로 보기에 나 같은 재가자에게 '무소의 뿔처럼 혼자서 가라'는 말은 이혼하라는 말이나 다름없을 것이기 때문이었다.

물론 부처님께서 '무소의 뿔처럼 혼자서 가라'고 한 것은 보다 깊은 뜻이 있다고 법정스님께서 말씀하신 바 있다. 어리석은 자와 어울려 가느니 차라리 혼자서 가는 것이 낫다는 부처님의 말씀이라고 한다.

스님은 위와 같은 붓글씨를 서울 샘터사에 있는 나에게 편지봉투 안에 넣어서 보내셨는데, 그해 가을에 상경하시어 "세 문장 속에 팔만대장경의 대의(大意)가 다 들어 있다"고 거듭 말씀하셨다.

나는 아직도 나의 산방 이불재의 사랑방인 무염산방에 위에 소개한 스님의 글씨를 걸어놓았는데, 볼 때마다 내 눈을 맑혀주는 느낌이 든다. 그러고 보면 팔만대장경의 대의란 무엇에 전도되어 살지 말고 주체적으로 살되 당당하게, 자유롭게, 청정하게 살라는 것이 아닐까 싶다.

어리석은 자와 어울려 가느니 차라리 혼자서 가라.
주체적으로 살되 당당하게, 자유롭게, 청정하게 살아라.

스님이야말로 그렇게 사신 분이었다는 생각이 든다. 스님 하면 '무소유'를 먼저 떠올리지만 내가 지켜본 바로는 무위진인(無位眞人), 참으로 자기답게 사셨던 '참사람'이 아니시었나 싶다. 아무리 위대한 석가모니 부처님이라고 하더라도 한 분이면 족하다고 말씀하신 바탕에는 당신 삶에 대한 확신이 분명하여 흔들림이 없었다는 방증이 아닐까. 당신의 마음부처(心佛)를 보고 살았다는 그것에 다름 아니리라.

아! '흙탕물에 더럽히지 않는 연꽃과 같이'에서 '연꽃은 흙탕물에서 핀다'라는 상념이 문득 가슴을 적신다. 그렇다. 흙탕물이 없다면 어떻게 연꽃이 피겠는가. 진리는 번뇌에서 나온다. 진리와 번뇌가 둘이 아닌 불이(不二)의 도리임을 알아차려야 한다.

연꽃은 흙탕물에서 핀다.
진리는 번뇌에서 나온다.

낙관이 없어서 더 소중한 무염산방(無染山房) 글씨.

낙관이 없는 무염산방 글씨

'한국서예관'에서 혜암스님, 서옹스님 등 고승들의 유묵전이 열린 적이 있다. 나는 이때 스님으로부터 받은 5점을 내보낸 적이 있다. 당시 모 신문에 난 기사를 컴퓨터에 보관하고 있는데 다음과 같다.

'서울 성북구 성북동에 위치한 한국서예관에서는 '제1회 이심전심 부처님오신날 기념 서예전'을 연다. 전시기간은 15일부터 26일까지다. 김순기 관장은 전시기간 동안 법정스님의 유묵(遺墨: 생전의 글씨와 그림) 다섯 점을 처음으로 공개할 것이라고 밝혔다.

법정스님의 유묵은 정찬주 소설가가 법정스님에게서 받아 소장해 온 작품들인데, 정 작가는 스님으로부터 계(戒)와 무염(無染)이란 법명을 받은 재가제자로 알려져 있다. 법정스님의 유묵 다섯 점 가운데 한글 붓글씨로 쓴 세 점은 송광사 불일암에서 1991년에 썼고, 한문 붓글씨 두 점은 강원도 수류산방 시절 초기에 쓴 작품이다.

김 관장은 강원도 수류산방 시절에 쓴 한문 붓글씨 '無染山房(무염산방)' 두 점을 주목하면서 그중에서도 낙관이 없는 작품이 예술적으로 더 돋보인다고 평가했다. '山'자를 두 개의 삼각형으로 표현한 개성적인 감각 때문이라는 것이 그 이유다. 정 작가의 집필실 현판용으로 써준 붓글씨인데, 원래 '山'자의 상형문자는 세 개의 삼각형이지만 정 작가가 살고 있는 전남 화순군 이양면 쌍봉산은 봉우리가 두 개이기 때문에 그렇게 표현했다는 것이다.

김 관장은 "스님의 붓글씨는 담백하고, 기상이 넘치면서도 예술적 감각이 뛰어나다"며 보기 드문 선필(禪筆)이라고 말했다.

정 작가는 현판용 글씨에 낙관을 찍지 않은 것은 스님이 '상(相: 자기를 드러냄)'을 경계했기 때문이라고 전했다. 그런데 스님은 얼마 지나지 않아서 정 작가에게 낙관을 찍은 붓글씨도 써주었는데, 반드시 집필실 안에 두라며 당부했다고 한다.

한편, 불일암에서 쓴 한글 유묵 '소리에 놀라지 않는 사자와 같이…'

흐르는 물은 산을 내려와도 연연하지 않고
흰 구름은 골짜기로 들어가도 그저 무심하다.

와 스님의 자작 다시(茶詩)와 다기(茶器) 그림이 있는 '명산에는 좋은 차
가 있고 거기 또한 좋은 물이 난다 하더라' 및 백운화상의 어록 중 일
부인 '흐르는 물은 산을 내려와도 연연하지 않고…' 등 세 점도 선보
인다.'

    기자가 나에게 인터뷰를 한 적이 없는데, 기사 내용은 비교적 정확
하여 안심할 수 있었다. 다만 무염산방은 나의 작업실이 아니라 손님
이 오면 차를 마시는 사랑방이라는 점을 수정하고 싶다. 또 뫼 산자를
쌍봉산의 두 봉우리를 그렇게 표현한 것이라는 기사 내용은 사실과
다르다. 쌍봉사는 있지만 쌍봉산은 없기 때문이다. 쌍봉은 쌍봉사 창
건주 철감선사의 법호이다. 내가 짐작하기로는 한지에 글씨를 써가다
가 지면이 좁아지자 스님께서 순간적으로 기지를 발휘하여 내 산방 밑
에 쌍봉사도 있고 하니 '山'자를 2개의 삼각형으로 표현한 것이 아닌
가 싶다.

    손님들은 스님 글씨에 낙관을 받았으면 값이 더할 텐데 아쉽다고

말하지만 나는 그 반대다. 낙관이 없는 글씨이기 때문에 더 소중한 것이다. 자신을 드러내지 않고자 낙관을 찍지 않은 스님의 자기절제가 글씨를 볼 때마다 느껴지기 때문이다.

스님께서는 낙관 없는 현판용 글씨를 써주신 다음에 이불재 서재에 걸어놓고 감상할 글씨 한 점을 또 써주셨다. 그러니까 이불재 서재용에는 스님의 낙관이 있다. 나는 지금도 서재 집필실에 낙관이 있는 글씨를 보관하고 있다.

지금 생각나지만 그때 스님의 유묵을 상당한 고가에 사겠다는 서울 강남의 보살님들이 나타나고, 모 여자대학 박물관에서는 스님의 유묵을 기증하면 뜻 깊게 영구 보관하겠다고 해서 웃고 넘긴 일이 있다. 스님께서 주신 글씨를 재자제자인 내가 보관해야지 왜 남에게 넘기겠는가. 다만 '흐르는 물은 산을 내려와도 연연하지 않고 흰 구름은 골짜기로 들어가도 그저 무심하다…'로 시작하는 고려시대 백운 화상의 어록 중 일부 글씨는 나와 의형제를 맺은 부산 영광도서 김윤환 대표께 선물했는데, 독실한 불자이므로 조금도 후회하지 않는다.

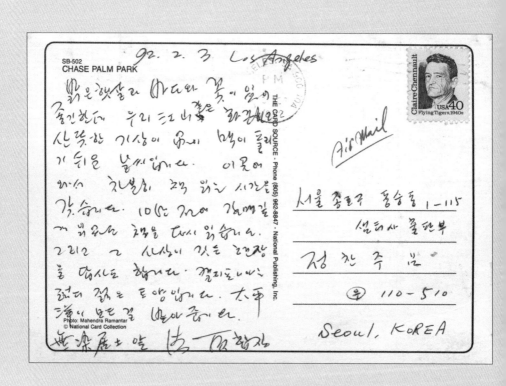

미국 로스엔젤레스에서 소식을 보낸 스님의 엽서

송광사 분원 L.A 고려사

스님께서는 해외로 나가실 때마다 엽서를 보내주시곤 했다. 인도 성지 순례 중이나, 미국에 가 계실 때 보내주신 엽서가 지금도 서너 장쯤 남아 있다. 1992년 2월 3일 LosAngeles(로스엔젤레스)라고 스님 필체로 쓴 엽서가 대표적이다.

스님께서 겨울철을 이용해 L.A로 가신 것은 1987년부터이다. 스님께서 법문 중에 다음과 같이 밝히신 적이 있다.

'사적인 이야기를 드려서 죄송합니다만, 송광사 불일암 시절에 겨울이면 손수 끓여먹는 자취생활이 지겨워서 1987년 겨울부터 송광사 분원 L.A 고려사에서 3-4개월 지내다 오곤 했습니다. 일거리를 가지고 가서 번역도 하고 1주일에 한 번씩 법문을 하면서 밥을 얻어먹었습니다. 대원각 주인 김영한 보살은 그곳에서 만났습니다. 김영한 보살께서 『무소유』를 읽고 느낀 바가 있어서 나를 찾아온 것입니다. 그런 뒤

요정인 대원각을 절로 만들었으면 하는 말이 오고 갔습니다.'

　그러나 스님은 당시에는 번거로워서 마음을 내지 않았다. 스님께서 불일암 생활을 마감하고 강원도 오두막으로 거처를 옮겼을 때 김영한 보살은 다시 스님을 찾아왔다. 나는 스님께서 서울 상도동 약수암에 오셨다는 전화를 받고 그곳으로 달려갔다. 그런데 약수암에는 김영한 보살도 와 있었다. 감색 양복을 입은 한 사람이 김영한 보살 옆에 앉아 있었다. 감색 양복을 입은 분은 김영한 보살이 대원각을 기부했을 때 보살의 뜻대로 사찰 운영이 잘 되는가를 살피는 감사 역할을 할 사람이었다. 보살이 양복 입은 사람을 소개하자마자 스님께서 시선을 허공으로 돌렸다. 그러면서 한 마디 툭 던지시고는 일어섰다.

　"우리나라에는 고승이 많습니다. 그러니 그분들을 찾아가 보기 바랍니다."

　조건이 붙은 시주는 받지 않겠다는 스님의 단호한 말씀이었다. 스님께서 일어서시자 모두가 당황했다. 바람처럼 휙 사라지는 스님을 붙잡을 틈도 없었다. 그런데 이후 2년이 흘렀다. 보살은 스님 말씀대로 2년 동안 전국의 고승들을 찾아다니고 나서는 결론을 내렸던 것이다. 고승들 가운데 가장 불친절하게 자신을 대했던 법정스님께 대원각을 아무 조건 없이 시주하기로 한 결심이었다.

　길상사가 개원하는 날의 장면을 나는 장편소설 『소설 무소유』에서 다음과 같이 묘사한 적이 있다.

"우리나라에는 고승이 많습니다.
그러니 그분들을 찾아가보기 바랍니다."

김영한 보살이 불단 앞으로 나왔다. 키가 작고 가녀린 보살이었지만 결코 작게 보이지 않았다. 불단 앞에 서자 법당의 무게감이 더해졌다.

"저는 배운 것이 많지 않고 죄가 많아 아무 드릴 말씀이 없습니다. 불교에 대해서는 더더구나 아무것도 모릅니다. 하지만 말년에 귀한 인연으로 제가 일군 터에 절이 들어서고 마음속에 부처를 모시게 돼서 한없이 기쁩니다. 제 소망은 여인들이 옷을 갈아입었던 저 팔각정에 범종을 달아 힘껏 쳐보는 것입니다."

또한 이 엽서에서 눈에 띄는 구절은 이렇다.

'10년 전에 감명 깊게 읽었던 책을 다시 읽습니다. 그리고 그 사상이 깃든 현장을 답사도 합니다.'

그 현장은 다름 아닌 헨리 데이비드 소로가 살았던 월든 호숫가이다. 한편, 스님께서 이 책만큼은 꼭 출판해달라고 나에게 당부하셨는데, 샘터사에서 출간한 『숲속의 생』이 그것이다. 그러나 그 책은 곧 절판하고 말았다. 영문원서를 번역하지 않고 일어판을 중역한 책이었으므로 여러 군데의 문장 오류가 발견됐기 때문이었다. 스님의 뜻을 받들지 못해 지금도 죄송한 마음이 남아 있다. 그러나 샘터사를 그만 둔 지 오래인 나로서는 다른 출판사의 『월든』으로 위로받고 있을 뿐이다. 특히 소로가 하버드대학 시절 『법화경』에 대한 사상을 학위논문으로 썼다고 하는데, 십수 년전부터 여러 출판사에 조언해주었지만 번역본이 출판됐는지 어땠는지는 잘 모르겠다.

법정 스님의 《인도기행―삶과 죽음을 넘어서》 값 12,000원 샘터 (02)763-8965, www.isamtoh.com

강원도 오두막에 계시던 스님께서 2004년 5월에 보낸 엽서.

조계산 달을 보고 가시오

스님께서 강원도 오두막에 사시면서 천식이 깊어졌을 때도 해제철이 되면 반드시 불일암으로 내려오셨다. 덕(德)자 돌림의 상좌들 공부 살림살이를 점검하시기 위해 그랬다. 한편으로는 재가제자인 나의 산중생활이 궁금하시어 내 산방인 이불재로도 가정방문을 오셨다. 스님께서는 이불재 오실 때마다 늘 '가정방문'이라고 하셨다.

　그런데 천식이 깊어지신 뒤로는 나를 불일암으로 불렀다. 이 엽서도 불일암으로 오라고 쓰여 있다.

　'봐서 다음 주 중에 불일(佛日)에 한번 다녀올까 싶은데 그때 인연이 닿으면 한번 만났으면 합니다.'

　고질병이 된 천식 때문인지 만나자는 말씀이 강권에 가깝다. 그러면

강원도 오두막에 계시던 스님께서 불일암에 오시어
나를 불러 서전에서 법문하시던 모습.

서도 엽서에는 제자를 위한 자비로운 말씀이 들어 있다.

'혼자서 지내려면 뭣보다도 자기관리가 철저해서 게으르지 않아야 합니다. 살아 있는 것들에 둘러싸여 있으면 게으를 수가 없습니다.'

나 역시 암자 같은 이불재에서 혼자 살고 있으므로 게으름을 경계하라는 경책의 말씀이다. 나는 내 집필실 벽에 호미를 걸어놓고 있는데, 그 이유는 새벽같이 논밭으로 나와 일하는 산중농부들을 보면서 '너는 무엇을 하고 있느냐?'라고 자문하기 위해서이다.

지금도 호미는 내 집필실 벽에 걸려 있다., 독자 중에 호미를 보자고 하는 사람들이 있을 줄은 꿈에도 생각 못했다. 그래서 방송이나 잡지사 등에서 취재를 올 때는 슬그머니 호미를 감추어 버린다.

엽서를 받은 뒤 나는 불일암으로 갔다. 스님은 병색이 완연했다. 상좌들이 위채에서 정진하고 있기 때문에 아래채에서 차담을 했다. 그리고 다시 불일암의 유일한 토굴인 서전(西殿)으로 자리를 옮겼다. 약속 없이 방문하는 불청객을 피하기 위해서였다. 서전 마루에 스님과 마주앉아서 긴 법문을 들었다. 스님은 조계산 산자락에 달이 떠오르는 광경을 얘기하셨다. 기억 속의 달을 꺼내기도 하셨다. 출가 전에 대흥사 비구니암자에서 본 기억을 엊그제의 일인 듯 말씀하셨다.

"보름달이 뜨자마자 노비구니스님이 그 달을 보면서 합장한 채 '월광보살, 월광보살' 하던 그 모습이 잊히지 않아요."

스님과 조계산 달을 보지 못한 것이 내내 후회스럽다.
서전에서 스님을 뵌 것이 마지막 독대 친견이 되고 말았기 때문이다.

서울 단성사에서 〈서편제〉 조조프로를 스님과 함께 본 적이 있는데, 그 영화평도 잠깐 하셨다. 영화를 좋아하신 스님께서는 서울에 오실 때는 꼭 내게 전화로 볼 만한 영화가 있냐고 물으셨다. 그러면 나는 영화에 대해서 조예가 깊지 못하므로 무슨무슨 수상작을 기준으로 말씀 드리고는 스님을 모시고 조조프로를 보았다. 스님께서 조조프로를 선호하신 이유는 관객이 많은 낮 프로에 승복을 입고 관람하기가 부담스러워서였다. 서전에서 스님께서는 내게 긴 법문을 하셨는데 그 이유를 지금은 조금 알 것 같다. 아무튼 스님께서는 날이 저물 때까지 이런저런 말씀을 하셨다. 운전이 미숙한 나는 스님의 눈치를 보면서 일어서려고 했다. 그랬더니 스님께서 말씀했다.

　"무염거사, 조계산 달을 보고 가시오."

　"스님, 이불재에도 달이 뜹니다."

　"아, 그렇지. 거기도 달이 뜨지."

　스님과 함께 조계산 달을 보지 못한 것이 내내 후회스럽다. 이후 길상사 봄 법회 때 신도들과 함께 법문을 들었지만 서전에서 뵌 것이 스님과의 마지막 독대 친견이 되고 말았기 때문이다. 서전이라는 편액이 보이는 사진을 볼 때마다 '무염거사, 조계산 달을 보고 가시오.'라는 말씀이 귓전을 때린다.

無染居士 보아에

오랜만에 편지와 책을 함께 받았습니다. 茶佛에 뜻이 새로웠습니다. 받은 즉시 전후 읽었는데 眼힘이 없는 사람입니다. 耳佛齋에서 일 없이 합니다. 부처님 소리에 귀 기울이며, 좋은 글 쓰게 될 것입니다.

(耳佛)

나는 천식으로 그만 가까이 고생을 했는데 지난 3월 서울大 병원에서 치료받으면서 기침이 멎었습니다. 끔찍 끔찍 고생합니다. 기침한테 배운 바 많았습니다.

법정 스님의 〈인도기행—삶과 죽음을 넘어서〉 값 12,000원   샘터 (02)763-8965, www.isamtoh.com

from

to

병환 중에 기침한테 배운 바가 많았다는 스님의 엽서.

명산에는 좋은 차가 있고

강원도 오두막에서 정진하는 스님께 나의 장편소설 『茶佛(다불)』과 차를 보내드렸다. 소설은 호평하셨지만 그해 보낸 우전 햇차는 혹평을 하셨다. 『茶佛(다불)』은 신라왕자 김지장스님 일대기 장편소설이다. 최근에 중국의 한 신문사와 협상 중인데 『천년 후 돌아가리』로 제목을 바꾸어 연재할 계획이다. 한문 번역은 중국의 모 대학 교수가 했는데, 번역료는 중국에서 사업을 하는 정종일 사장이 전액 후원하였다. 최근 한중관계가 악화되어 곧 시작할 것 같은 연재가 차일피일 미뤄지고 있어 시절인연을 기다리고 있는 중이다.

스님께서 책의 추천사를 쓴 예는 아주 드물다. 내가 알기로는 내 경전소설 『소설 유마경』과 성철스님의 일대기 장편소설 『산은 산 물은 물』만 추천사를 쓰신 것으로 알고 있다. 이 또한 스님의 각별한 배려가 아닐까 싶다. 재가제자가 쓴 소설이 독자들에게 사랑받기를 바라는 마

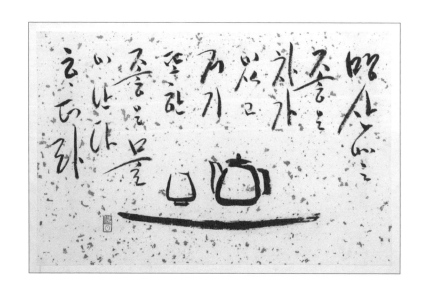

스님이 짓고 그린 다시(茶詩)와 다화(茶畵).

음에서 추천사를 보내주셨을 것이다. 『암자로 가는 길』은 스님께서 어느 중앙 일간지 기자와 인터뷰 중에 '요즘 읽고 있는 책'이라고 소개한 덕분에 그 다음날 출판사로 수백 권의 책이 주문 들어왔다고 들은 바 있다.

나는 엽서를 받고 나서 크게 안도했다. 스님을 괴롭히던 천식의 고통에서 벗어나신 것 같아서다.

'나는 천식으로 2년 가까이 고생을 했는데 지난 3월 서울대 병원에서 치료를 받고 나서 기침이 멎었습니다. 걱정 끼쳐 죄송합니다. 기침한테 배운 바가 많았습니다.'

그런데 스님께서 입적하실 때까지 사실은 천식이 말끔히 가시지 않았다고 한다. 의사의 소견에 의하면 스님께는 특이하게도 자작나무 알레르기가 있었기 때문이다. 껍질이 허연 자작나무는 스님께서 머무신 오두막 수류산방 부근에 유독 많았던 것이다.

한편, 내가 보내준 차를 스님께서 혹평을 하시어 죄송했던 기억이 새롭다. 수제차는 차가 모두 같지 않은 것이 흠이라면 흠이다. 가마솥 불이 강하면 구수하기는커녕 탄내가 나고, 불이 약하면 비린내가 나기 때문이다.

'보내준 차는 잘 공양하였습니다. 그런데 호남지방에서 마실 만한 차로 내세우기에는 미진한 듯합니다. 한국제다에서 나오는 '우전감로'가 널리 권장할 만한 차입니다. 차는 역시 쌍계사에서 나오는 차 중에서 좋은 차가 더러 있습니다. 물론 개인의 기호 차이이겠지만 좋은 차는 드러납니다.'

그런데 오해하지 말기를 바란다. 보낸 준 차가 호남지방에서 마실 만한 차로 내세우기는 미진한 듯하다고 지적하셨지, 호남지방 전체의 차가 그렇다는 것은 아니기 때문이다. 보성차나 순천차도 잘 만나면 최상의 맛과 향을 느낄 수 있다고 말씀하시곤 했던 것이다. 한국제다의 '우전감로'는 들쑥날쑥하지 않는다는 평가이시고, 쌍계사 주변에서 덖은 우전 차에 대해서는 서너 번의 호감을 말씀하시고 있을 뿐인 것이다.

스님께서는 차를 마시고 나서 기분이 홀가분해지면 중국 당나라의 다인(茶人)이었던 노동이 지은 〈칠완다가(七椀茶歌)〉를 빠르게 읊조리셨다. 스님께서 〈일곱 잔의 차 노래〉로 의역하셨는데 그대로 옮겨본다.

차 한 잔을 마시니 목과 입을 축여주고
두 잔을 마시니 외롭지 않고
세 잔째엔 가슴이 열리고
네 잔은 가벼운 땀이 나 기분이 상쾌해지고

명산에는 좋은 차가 있고
거기 또한 좋은 물이 난다 하더라.

다섯 잔은 정신이 맑아지고

여섯 잔은 신선과 통하여

일곱 잔엔 옆 겨드랑이서 맑은 바람이 나는구나.

수류산방 해우소. 볼일 볼 때만 내거는 '나 있다'라는 스님의 필체 패가 정겹다.

송영방 화백이 상상으로 그린 스님의 강원도 오두막인 수류산방.

법정대선사 은거도

나는 스님의 마지막 거처인 강원도 오두막 수류산방을 가보지는 않았다. 그래도 스님께서 그곳을 여러 번 말씀하셔서 수류산방 주변이 어떤 풍경인지는 대충 짐작했다. 송영방 화백님도 나와 다르지 않았다. 앞의 그림은 송영방 화백님의 〈법정대선사은거도(法頂大禪師 隱居圖)〉이다. 송 화백님이 상상으로 그린 수묵화이다. 길상사 행지실에서 스님을 송 화백님과 함께 뵀는데, 스님께서 그림을 보고 놀랐다.

"어! 똑같네. 양철지붕 오두막과 오른쪽으로 개울물이 흐르는데 어찌 알았습니까?"

〈법정대선사은거도〉는 내가 간직하는 정복을 누리고 있다. 나는 송 화백님의 그림만 보고도 늘 강원도 오두막에 다녀온 거나 다름없다는 느낌이 든다. 어쩌면 쯔데기골 오두막보다 노화백님의 절절한 마음이 밴 심상(心象)의 그림이 더 많은 것을 보여주고 있는지도 모르겠다. 스님께서 송 화백님의 그림을 보고서 미소를 지으시던 모습이 생생하다.

〈법정대선사은거도〉는 언제 보아도 꽃 피고 물이 흐른다. 가만히 보고 있자니 내 마음에도 은거도의 풍경과 같이 꽃 피고 물이 흐르는 것 같다. 추사 김정희는 한 잔도 아닌 반잔의 차향과 맛으로도 마음속에서 수류화개(水流花開)를 경험했다고 하지만 오늘 나는 그림 한 점으로 미묘한 기쁨을 누리고 있다. 순간적이나마 나는 극락 같은 선경(仙境)에 들어선다. 오늘은 그림 한 점이 내게 법문을 한다.

스님은 가시고 계시지 않지만 스님의 유품 중에 보고 싶은 것이 있다. 어쩌면 스님께서는 강원도 오두막에 사실 때 수류산방에 두고 감상했을지도 모른다. 현재는 길상사에서 보관하고 있다는 말을 상좌스님 한 분으로부터 들었다. 미국에 사는 여동생의 딸이 열두 살 때 그린 불일암의 '빠삐용 의자'다. 스님께서 보시자마자 감탄하셨다.

"허허, 열두 살 아이가 그렸다는 말이군!"

나는 '빠삐용 의자' 그림이 사람들에게 공개되기를 바라고 있다. 아이가 무려 6개월이나 매달려 그리는 동안 붓을 쥔 손가락에 습진이 생겨 병원 치료를 받았다고 한다. 지금은 미국에서 '하버드미술대학'으로 불리는 로드아일랜드 디자인스쿨을 졸업하고 전업화가로 정진 중이다.

또 하나 알려지지 않은 사실이 하나 있다. 스님께서 쯔데기골 오두막이 너무 추워서 동해안으로 나와 겨울 한철을 나신 적이 있다. 그때 스님께서 남긴 글이 있다.

〈법정대선사은거도〉는 언제 보아도 꽃 피고
물이 흐른다. 가만히 보고 있자니 내 마음에도
은거도와 같이 꽃 피고 물이 흐르는 것 같다.

'겨울 한 철 동안 동해안 쪽에서 지내며 차씨를 얻어다 심었는데 작년부터 차꽃이 피었습니다. 차꽃은 모든 꽃이 다 지고 난 늦가을에서 초겨울까지 핍니다. 차꽃은 겸손해서 아래를 향해서 핍니다.

차꽃에는 베이지색 노란 꽃술이 달립니다. 꽃을 따서 향기를 맡으니 찔레꽃 향기와 같습니다. 따서 찻잔에 올려 차 한 잔을 마시니 그렇게 행복할 수가 없습니다. 행복을 거창한 곳에서 찾지 마십시오. 내 둘레의 사소한 것으로 더없이 행복해질 수 있습니다.'

이때, 그러니까 2005년 낙산사 화재 이후 스님께서는 화마를 피한 홍련암을 찾아가 기도하셨다고 말씀하셨다. 정념스님께서 낙산사를 격조 있고 세련되게 복원한 데에는 법정스님의 '홍련암 기도'도 한몫했을 것 같다. 훗날 나는 정념스님께 법정스님과의 인연을 물어본 일이 있는데, 1985년에 송광사에서 뵀고 고결한 스님의 인품을 보고 절로 존경하는 마음이 들었다는 얘기를 들은바 있다. 그런데 정갈한 불일암이나 홍련암은 자연과 조화를 이룬 세련미가 돋보이는 점에 있어서 이복형제 같은 느낌이 든다. 그러고 보니 절을 디자인하는데 있어서 두 분의 탁월한 안목을 부인할 사람은 아마도 없을 것 같다. 지금 정념스님이 불사하고 있는 서울 성북동 흥천사를 보면 스님의 안목이 얼마나 뛰어난지를 새삼 알게 해주고 있다.

스님께서 마지막으로 머물렀던 꽃 피고 물이 흐르는 수류산방.

2부

마지막 스승 법정스님

대나무 그림자 섬돌을 쓸어도 티끌 하나 움직이지 않고

달빛이 연못을 뚫어도 물에는 흔적 하나 없네.

1장
불일암은 법정스님이다

삼나무와 억새의 전언
사람과 짐승의 차이는 무엇인가?
물 흐르듯 꽃 피듯
나를 만나러 가는 길
어디에 계시겠습니까?
속뜰은 평수가 없다
무소유는 나눔이다
스님, 그립습니다

삼나무와 억새의 전언

불일암으로 가는 들머리다. 직립한 삼나무들이 숲을 이루고 있다. 아침 햇살이 어른거리는 삼나무 숲은 사원처럼 경건하고 엄숙하다. 삼나무들이 수행자와 같이 꼿꼿하게 서서 기도하고 있는 모습이다. 무서리에 젖은 칼칼한 잎사귀들이 영혼의 노래를 부르고 있다. 침묵의 소리 없는 소리는 '귀 속의 귀'로 새겨들어야 한다.

삼나무들은 살아 있는 동안 결코 드러눕는 법이 없다. 뿌리는 현실의 땅에, 머리는 광대무변한 허공에 두고 산다. 구도의 길을 홀로 가는 개결한 수행자와 같다. 나는 오랜만에 만난 친구처럼 삼나무를 껴안는다. 나무와 소통하려면 두 팔로 지그시 안아봐야 한다. 삼나무의 맑은 침묵과 풋풋한 기운이 온몸에 전해진다. 비로소 나는 불일암의 들머리에 들어 서 있다는 것을 실감한다.

삼나무 숲길은 짧지만 푸른 그늘의 여운은 길다. 산허리에 난 가파른 산길을 오르는 동안에도 합장한 모습의 삼나무들이 눈에 밟힌다. 자꾸 돌아봐진다. 그러나 산길을 타고 한 구비 돌면 또 다시 산자락에 숲이 된 삼나무 무리가 나타난다. 광원암과 불일암으로 가는 길이 갈라지는 지점에서다.

나는 바로 그곳에서 가빠진 호흡을 고른다. 불일암 안내말뚝 앞으로 실개울이 하나 흐른다. 불일암과 광원암에서 시작했을 작은 물줄기가 서로 만나 돌돌 소리를 내고 있다. 예전에 보았던 실개울 언저리의 억새들은 모두 사라지고 없다. 몇 년 전만 해도 억새들이 실개울을 따라 자생하고 있었던 것이다.

문득, 2010년 봄에 입적하신 법정스님의 말씀이 저만큼 날아가는 산새처럼 스친다. 스님은 산길을 오르내리며 억새들을 유심히 보았던 것이 분명하다. 이십여 년 전 초여름에 스님을 찾아왔던 때라고 기억된다.

"저 마른 어미억새를 좀 봐요. 푸른 새끼억새가 다 자랄 때까지 버팀목이 되어주다가 쓰러져요. 푸른 억새들 사이에서 누렇게 마른 것들이 어미억새지요."

자연에 깃든 모성(母性)과 책임을 강조한 말씀이었다. 아비로서 아내와 두 딸아이를 잘 돌보라는 무언의 당부였다.

나는 불일암에서 스님의 휘파람소리를 여러 번 들은 바 있다. 고복수의 〈짝사랑〉도 잘 부르셨다.

"저 마른 어미억새를 좀 봐요. 푸른 새끼억새가
다 자랄 때까지 버팀목이 되어주다가 쓰러져요."

아 아 으악새 슬피우니 가을인가요
지나친 그 세월이 나를 울립니다
여울에 아롱 젖은 이즈러진 조각달
강물도 출렁출렁 목이 멥니다

참고로 으악새는 새 이름이 아니라 억새의 사투리라고 한다. 나도
으악새가 고등학생 시절에는 가사의 분위기대로 새 이름인 줄 알았다
가 스님께서 말씀해주셔서 뒤늦게 억새인 줄 알았다.

사람과 짐승의 차이는 무엇인가?

나는 어떤 인연으로 불교와 인연을 맺었을까. 불일암을 오를 때마다 혼자서 생각해보는 단골 메뉴다. 또, 그러한 주제로 원고 청탁이 몇 년 터울로 오기 때문에 머릿속을 떠나지 않는 것 같다. 작년에도 월간 〈불교문화〉에 엇비슷한 내용을 쓴 바 있다. 다음은 월간 〈불교문화〉의 일부 원고이다.

돌이켜 보니 나와 불교와의 인연은 1970년대 중반으로 거슬러 올라간다. 대학가에 반독재투쟁 시위가 잦을 때였다. 나의 모교 동국대학교도 예외는 아니었다. 그런 탓에 장기휴강이나 결강이 많았다. 그때 나는 치약, 칫솔 하나, 수건 한 장 든 가방을 달랑 들고 바람처럼 쌍봉사를 찾곤 했다. 더운 피가 흐르던 혈기왕성한 청년의 나이로, 이 땅을

부처님이 나를 내려다보며 미소 짓고 있었다.
그것은 고교시절 교과서에서 배운 석굴암의 자비로운 미소가 아니라,
내가 도달할 수 없는 높은 차원의 경지였다.

사는 젊음이라면 누구나 내출혈이 있었던 그 시절, 나는 전남 화순군 쌍봉사로 내려갔던 것이다. 그때의 쌍봉사는 내게 일종의 피난처였다. 에라, 모르겠다. 소설 습작이나 하자고 내려갔던 곳이 쌍봉사였다.

쌍봉사는 복잡한 내 영혼을 정화시켜 주었다. 나는 소설 습작 대신 낙엽을 쓸고, 법당에 낀 먼지를 닦으며 하루하루를 보냈다. 아무런 조건 없이 받아준 당시 스님에게 내가 할 수 있는 일은 그것뿐이었다. 절을 떠나기 며칠 전이었을 것으로 기억된다. 그날도 나는 스님이 출타해 버리고 없어 혼자서 무엇을 할까 궁리하다가 청소를 하기 시작했다.

이번에는 대웅전에 낀 먼지를 좀 더 구석구석 닦아내기로 하였다. 그래서 오른 곳이 3층 목탑 형식인 대웅전의 불단이었다. 연화좌대에 오르고 보니 부처님한테도 먼지가 많이 끼어 있었다. 나는 마른 걸레로 내 손금과 엇비슷한 부처님 손바닥까지 닦았다.

그런데 그 순간 나는 전율하고 말았다. 부처님이 나를 내려다보며 미소 짓고 있었다. 그것은 고교시절 교과서에서 배운 석굴암의 자비로운 미소가 아니라, 내가 도달할 수 없는 높은 차원의 경지였다.

이후부터 나는 불교적인 깨달음을 체험한 것처럼 불평 없이 절 생활을 할 수 있었다. 경내에 진눈깨비가 흩날리건 찬바람이 불건 상관없이 미소 짓고 있는 부처님이 계시기 때문이었다. 쌍봉사 부처님의 미소는 한동안이나마 내 욕심의 헛가지를 잘라내고 깊은 불연(佛緣)을 맺게 해주었다.

서울로 돌아온 나는 불교학생회 친구 두세 명과 송광사 서울 포교당인 법련사를 찾아갔다. 친구 중에 누군가가 송광사 구산 방장스님께서 법련사에 와 계신다고 알려주었던 것이다. 방장스님은 20대 중반의 우리들을 특유의 천진한 미소로 맞아주셨다. 그런데 방장스님께서는 무슨 연유인지 내게만 질문하셨다. "사람과 짐승의 차이는 무엇인가?"라고 물으시는데 내가 답변 드리면 "그게 아니지. 깊이 생각해 봐." 하시며 고개를 흔드셨다. 작은 체구의 방장스님은 집요했다. 친견이 끝나고 나서도 법련사 현관까지 따라 나오시며 "출가해서 깨달아 보게."하고 내게 출가를 권유하셨다. 그래도 나는 방장스님의 강권을 따를 수 없었다. 문학에 대한 꿈이 컸기 때문이었다.

세월이 흘러도 구산 방장스님의 곡진한 말씀은 잊히지 않았다. 상명사대부여고에서 국어교사로 있을 때 조계종 총무원에서 월간 《불교사상》을 창간한다는 소식이 들려왔다. 나는 쌍봉사에 진 빚을 갚는다는 마음으로 학교에 사표를 내고 불교사상사로 갔다. 방장스님이 입적하셨을 때는 스님의 열반송 중에 한 구절을 빌려 '미소 지으며 가노라'는 제목의 특집을 기획해서 예를 갖추었다.'

구산스님과 법정스님은 모두 효봉스님의 제자이므로 사형사제 간이다. 나로서는 구산스님과 인연을 더 이어가지 못했지만 법정스님의 재가제자가 되었으니 참으로 다행이란 생각이 든다.

물 흐르듯 꽃 피듯

나는 직장을 더 다닐지 말지 고민하다가 길상사로 스님을 찾아가 법문을 들었다. 스님께서는 길상사 맨 위채 좁은 행지실에서 물 흐르듯 꽃피듯 말씀했다.

"직장을 꼭 그만두고 싶은가. '다니고 싶은 마음'과 '그만두고 싶은 마음'이 반반이라면 그냥 다니는 것이 좋아요. 그러나 '그만두고 싶은 마음'이 단 1퍼센트라도 더 간절하다면 직장을 떠나시오. 무슨 일을 하다가 절망하였을 때 그 1퍼센트가 극복의 에너지가 될 것이오. 또한, 10여 년 직장생활을 하였다면 이제야말로 자신을 위해 새롭게 변화를 줄 때가 되었어요. 사람도 한 곳에 머물러 타성에 젖기보다는 물처럼 흘러가는 것이 좋아요."

사실은 삼십대 후반 때도 나는 위와 같은 고민을 하다가 스님의 자애로운 충고를 들은 적이 있다. 직장을 다니지 않고 하루 종일 소설 집필에만 전념하고 싶었던 나였다. 그러나 그때 스님께서는 직장을 '다니고 싶은 마음'과 '그만두고 싶은 마음'이 반반이라는 내 고백을 들으시고는 단호하게 더 다니라고 일침을 가해주셨던 것이다.

또 한 번 더 삼나무 숲길을 오르자, 비로소 대숲이 나타난다. 풍찬노숙 하는 대나무를 만져보니 밤새 내린 무서리 탓인지 체온이 차갑다. 그래도 허리를 바르게 세우고 사는 불일암 수행자들 같다. 몇몇 대나무들은 작은 가을바람에 머리를 푸는 율동도 있다. 예전에는 산길이 호반새가 사는 오동나무 쪽으로 났었는데, 지금은 대숲을 돌아 오르게 돼 있다.

대나무 그림자가 드리운 사립문 앞에는 섬돌이 놓여 있다. 사립문에 일렁이는 햇살처럼 시(詩)가 어려 있다. '눈 속의 눈'으로만 볼 수 있는 깨달음의 시다.

> 대나무 그림자 섬돌을 쓸어도
> 티끌 하나 움직이지 않고
> 달빛이 연못을 뚫어도
> 물에는 흔적 하나 없네.
> 竹影掃階塵不動
> 月穿潭底水無痕

법정스님이 즐겨 읊조리시던 남송시대의 선승 야보 도천(冶父 道川)

연못에 자신의 흔적을 새기려 하지 않는
달빛이야말로 무소유 행복을 묘사한 시적 은유다.

의 시다. 사립문을 들어서는 이는 대나무 그림자처럼 무엇에 집착하지 말고 달빛처럼 자신의 발자국에 연연하지 말고 살라는 가르침이다.

섬돌을 가지려 하지 않는 대나무 그림자나 연못에 자신의 흔적을 새기려 하지 않는 달빛이야말로 무소유의 행복을 묘사해주는 시적 은유다. 소유의 감옥과도 같은 세상 속에서 그대와 내가 어떻게 살아야 하는지를 한번 되돌아보게 하는 사립문이 아닐 수 없다. 어둔 마음까지 환하게 비추는 불일(佛日)의 사립문이다. 해맑은 햇살이 웃는 아기의 맨살 같다. 불일의 사립문이 내게 아래와 같이 말하는 듯하다.

'지금이라는 시간 속에서 순정하게 살고, 여기서 나누는 삶을 한 몸인 듯 열자. 내일이라는 시간은 미리 손짓하는 헛꽃일 뿐이고, 여기가 아닌 저기라는 공간은 가설무대 같은 것이다.'

사립문 안으로 들어가니 대나무 그늘이 음음하다. 그런데 대나무 그늘을 밟자 법의 향기가 와락 품에 안기는 것 같다. 스님께서 내게 주셨던 말씀들이 물 흐르듯 꽃 피듯 다가온다.

나를 만나러 가는 길

불일암은 내게 맑은 거울이다. 불일암으로 가는 것은 나를 만나러 가는 길이다. 나만 고집하는 '거짓 나'를 떠나 남을 배려하는 '본래의 나'를 돌아보게 한다. 나를 만나러 가는 길이기 때문에 암자가 텅 비어 있어도 좋다. 봄날 아래채 툇마루에 앉아서 목욕소 뒤편에서 꽃비를 뿌리는 산벚나무를 바라보는 것만도 행복하다. 겨울의 들머리에 선 지금은 감나무 가지에 매달린 붉은 감들이 단풍잎보다 더 곱다.

봉은사 다래헌에 사시던 법정스님이 증오와 갈등으로 헐떡이는 도시생활을 접고 이 산자락에서 살아야겠다고 마음을 냈던 것도 때마침 활짝 핀 산벚나무 꽃의 순수에 끌려서라고 말씀하신 적이 있다. 1975년 4월 19일 아침의 일이었다. 스님께서는 산벚나무 꽃비의 축복을 잊지 못하고 그해 가을 송광사로 내려와 불일암을 짓기 시작하였던 것이다. 불사기간 동안 시봉은 현장스님이 맡았다고 한다.

오동나무에 구멍을 파고 사는 호반새에게
휘파람을 불어주면 새도 기분이 좋아져 공중제비를 하였다.

사립문을 들어서 대숲 터널을 지나게 되면 바로 불일암 경내다. 스님은 후박나무가 선 위채에서 주석하셨고, 우물이 가까운 아래채는 젊은 스님이나 가끔 손님들이 하룻밤 묵다가 갔다. 예전에는 '길이 아니면 가지를 마라'는 스님 친필의 팻말이 있었는데 지금은 보이지 않는다. 종교를 초월하여 존경받는 스님이니 아주 심오한 말씀이 쓰여 있는 줄 기대했다가 어디서 한번 들어본 말인 것 같아 이내 싱거워지고마는 팻말의 금언이었다.

그러나 나는 불일암을 찾아온 길손들에게 주는 시원한 우물물 같은 화두라고 생각하여 그 의미를 깊이 받아들이곤 했던 것 같다. 그런데 지금은 팻말이 보이지 않는다. 스님의 뜻이 전해지고 있지 않은 것 같아 섭섭한 마음이 든다. 상좌스님들에게 스님의 글씨체를 얼마든지 집자할 수 있으니 복원을 제안하고 싶다.

아래채 툇마루에 앉아서 예전에 써두었던 메모지를 꺼내본다. 메모를 했던 그때의 풍경이나 지금이나 별로 달라진 게 없다.

'산길이 끝나는 곳에 암자가 있게 마련이다. 찬물 한 모금 마시고 다시 힘을 내는 자리가 있다. 어디 가파른 산길 끝만 그러하리. 모든 인생길이 그러하지 않을까. 삶의 길이 막혀 눈앞이 캄캄해지거나, 사랑하는 사람과 헤어져 생의 기쁨이 사라졌을 때에도 절망스러운 바로 그자리에 희망이 숨어 있는 법이다. 막다른 길에서도 다시 눈을 크게 뜨고 보면 거기에 또 다른 길과 '본래의 나'가 있음이다.

지금은 불일암에 법정스님은 안 계신다. 그래도 나그네는 스님을 뵈러 왔다. 스님의 흔적이란 거울에 자신을 비춰보고 싶어서이다. 먼저 오동나무에 얽힌 사연이 떠오른다. 스님은 휘파람을 잘 부신다. 오동나무에 구멍을 파고 사는 호반새에게 휘파람을 불어주면 새도 기분이 좋아져 공중제비를 하였다. 그런데 스님이 강원도로 떠난 뒤부터 호반새는 날아오지 않고, 오동나무는 오동나무대로 호반새가 살던 세 개의 구멍을 자신의 살로 메워버린 상태이다. 스님께서 훗날 돌아오시게 되면 호반새도 다시 날아오고, 오동나무도 호반새에게 다시 보금자리를 내어 주겠지.

　　뎅그렁 소리 내는 풍경도 자리를 이동해 있다. 큰 바람에만 소리를 내어 스님이 '태풍의 대변인'이라 부르던 통통한 풍경이 위채에서 아래채 처마 끝으로 물러나 있다. 풍경도 삶의 여로가 있고, 시절인연이 있나 보다.'

　　스님께서 불일암 17년 안거(安居)를 끝내고 강원도 오두막으로 떠나신 뒤, 나 혼자 불일암으로 찾아갔던 감회를 적은 글이라고 생각된다.

어디에 계시겠습니까?

스님이 돌아가시고 난 뒤부터는 불일암 가는 이유가 하나 더 추가됐다. 불일암 가는 것은 스님을 뵈러 가는 길이다. 스님께서는 입적하시기 전에 병문안 온 속가 누이가 "스님, 이제 어디에 계시겠습니까?" 하고 묻자, 나를 보려거든 불일암이나 길상사로 오라고 했던 것이다. 굳이 환생까지 들먹일 필요가 없으리라. 스님이 남긴 말씀과 무소유한 흔적이 불일암 곳곳에 침묵으로 남아 있기 때문이다.

아래채 처마에 걸린 '태풍의 대변인'이라고 불리던 풍경은 변함없이 묵언(默言) 중이다. 저 풍경이 '태풍의 대변인'으로 임명된 사연을 누가 알까. 어느 해 가을, 나는 스님의 원고 뭉치를 들고 불일암으로 내려갔다. 스님은 나를 보자마자 지난여름 겪었던 태풍 이야기를 하셨다.

위채 뒷마루에 놓아둔 종이박스까지 강풍에 날렸다. 종이박스 안에 넣어둔 신문지들이 산지사방으로 흩어져 날아갔다. 대나무들이 곧 꺾어질 것처럼 우우우 하고 소리를 질렀다. 스님은 아래채 수채가 막혀 마당으로 물이 넘치는 것을 보고는 나갔다가 우산만 날려버리고 돌아왔다.

밤이 돼서는 누전이 됐는지 전깃불마저 꺼졌다. 양초를 찾아 불을 켜 암흑은 모면했지만 언제쯤 태풍의 기세가 누그러질지 암담했다. 마음이 태풍에 흐트러지곤 했다. 스님은 자연의 거센 위력 앞에 초라한 자신을 실감했다. 처마 끝에 매달린 다급한 풍경소리는 계속해서 귀를 자극했다. 마음을 불안하게 했다. 스님은 뒤꼍에 둔 사다리를 가지고 와 풍경을 떼어냈다. 잠시 후 산란한 마음을 겨우 가라앉혔다.

'모든 일에는 시작이 있으면 끝이 있는 법이다. 태풍도 불 만큼 불다가 잦아질 것이다.'

태풍은 피해만 주는 재앙이 아니라 지혜를 주는 선지식(스승)도 되었다. 태풍에게도 감사해야 할 것이 있었다. 태풍이 불어 누구의 방해도 받지 않고 하루 동안 순수한 자신으로 온전하게 존재했던 것이다. 다음날 밖을 나가보니 나무들도 죽은 가지나 불필요하게 뻗은 잔가지들이 꺾어져 있었는데, 태풍이 손발 없는 나무들을 흔들어준 것이나 다름없었다.

나는 스님의 태풍 이야기를 듣고 나서 마음속으로 강한 바람에도 소리를 잘 내지 않는 풍경을 하나 물색하기로 결정했다. 서울로 올라온 나는 며칠 뒤 인사동의 금속공예방을 찾아가 주인이 손수 망치로 두들겨 만든 방짜 풍경을 주문했다. 지금은 물고기 모양의 금속판이

'모든 일에는 시작이 있으면 끝이 있는 법이다.
태풍도 불 만큼 불다가 잦아질 것이다.'

떨어져나가고 없지만 아래채 처마 끝의 풍경을 보니 미소가 지어진다. 그때 스님은 원래부터 위채에 달렸던 풍경을 '미풍의 대변인', 내가 가지고 간 풍경을 바로 다시더니 '태풍의 대변인'이라고 명명하셨던 것이다.

위채에 오르니 왼편 공터에 쌓인 장작벼늘이 먼저 반긴다. 살아 있는 정신의 예각처럼 직각으로 차곡차곡 쌓여 있다. 스님께서 산중을 떠도는 고독을 위해 만드신 듯한 굴참나무 '빠삐용 의자'도 그대로 안녕하고, 나무보살이라고 불리던 후박나무도 중년의 허리처럼 굵어져 있다.

특히 도예가인 아내가 만든 화병을 덕조스님께 선물했는데, 그 화병이 스님의 진신 골편을 봉안한 후박나무 둥치 앞에 놓였고, 붉은 꽃이 한 아름 꽂혀 있다. 누군가가 스님께 헌화를 한 것 같다. 아내가 합장하며 고개를 숙인다. 생전에 스님께서 아내에게 무량광(無量光)이란 법명을 주셨던바, 내가 무염(無染)이었으므로 무(無)자 돌림으로 지어주셨던 것이다.

숲뜰은 평수가 없다

불일암은 예전이나 지금이나 별로 다르지 않다. 호반새가 살지 않는 정랑 옆의 오동나무는 낙엽을 뚝뚝 떨어뜨리고 있다. 후박나무는 스님께서 불일암에 심었을 때는 어른 키만 했는데 어느 새 청년의 행자 티를 벗고 경내에 그늘을 드리운 장년의 나무보살이 돼 있다. 스님은 외출했다가 돌아와서는 꼭 후박나무를 한 번씩 두 팔로 껴안곤 했다. 지금은 스님의 진신 골편이 뿌리 부근에 묻혀 스님이 후박나무의 일부가 돼버린 듯하다.

나는 내 산방 이불재에 후박나무와 생김새가 비슷한 태산목을 심어 가끔 눈길을 주고 있다. 스님께서도 후박나무 못지않게 태산목을 좋아하시어 불일암 뜰에 심으셨던 것이다. 태산목 꽃이 바삐 피고 지는 목련꽃보다 꽃봉오리를 온몸으로 여는 백련 같다고 하신 말씀이 문득 생각난다.

오동나무 낙엽은 스산한 소리가 날 뿐이고,
굴참나무 낙엽 떼는 일시에 뒹굴면서 먼 파도소리를 낸다.

나도 스님처럼 후박나무를 안아본다. 그러자 스님의 첫 인상처럼 후박나무 껍질의 까칠하고 차가운 기운이 느껴진다. 조금 더 안고 있으니 스님의 속뜰처럼 따뜻하고 부드러운 체온이 전해진다. 겉뜰에는 평수가 있지만 속뜰에는 평수가 없으리라. 속뜰은 눈으로 볼 수 없는 소우주니까. 그러고 보니 후박나무는 스님의 내면과 외면을 다 닮아 있다. 스님은 얼굴과 손발을 씻는 양은 세숫대야도 구분해 사용할 만큼 당신 자신의 질서에는 엄했으나 형편이 어려운 고학생이나 이웃에게는 몰래 눈물을 흘리셨던 것이다. 어려운 학생을 도울 때는 종교를 따지지 않았다. 실제로 스님에게 가장 오랫동안 후원을 받은 학생은 천주교 신자였다. 그 학생이 스님을 찾아와 죄송스럽다고 말했을 때도, 어느 학생이 스님의 책을 읽고 감동하여 개종하겠다고 말했을 때도 스님은 다음과 같이 만류했다.

"이봐요, 젊은이. 사람들이 청국장을 좋아하기도 하고 김치찌개를 좋아하기도 하고 하는 것은 자연스러운 일이에요. 천주님의 사랑이나 부처님의 자비는 풀어보면 한보따리 안에 있으니 그대로 영세를 받은 종교를 열심히 믿으세요. 종교를 갖지 않는 사람보다 더 잘살아야 해요. 못하면 믿지 않는 것보다 못하니까. 사람을 갈라놓는 종교는 좋은 종교가 아니지요. 그것은 인간을 위한 종교가 될 수 없지요."

암자 마당에는 후박나무의 큰 낙엽들이 여기저기 떨어져 있다. 어떤 사람들이 불일암을 다녀가는지 궁금하여 스님께서 슬쩍 왔다가 가신 듯한 느낌이다. 후박나무의 큼직한 낙엽들이 스님의 발자국 같은 것이다. 실제로 후박나무 낙엽은 바람에 굴러가면서 사람 발자국 소리를 낸다. 오동나무의 가벼운 낙엽과 다르다. 오동나무 낙엽은 스산한 소리가 날 뿐이고, 굴참나무 낙엽 떼는 일시에 뒹굴면서 먼 파도소리를 낸다.

중년부부가 올라와 스님이 굴참나무로 만든 '빠삐용의자'에 서로 교대하면서 앉는다. 그러나 나는 '빠삐용 의자'가 법정스님의 분신 같아서 눈길만 주고 만다.

불일암은 내게 한 권의 시집(詩集)이자 윤리교과서다. 나를 아름답게 담금질하기 때문이다. 암자는 '길이 아니면 가지를 마라'고 한다. 집착과 욕심이 과해진 나에게 붉은 경고등을 켜준다. 그러니 불일암 가는 것은 집착과 욕심의 몸무게를 줄이러 가는 길이다. 불일암의 작고 맑은 모습들을 무심코 바라보는 동안 집착과 욕심의 몸무게가 부쩍 줄어 있음을 깨닫는다.

무소유는 나눔이다

법정스님은 일찍부터 당신 방식대로 '나눔'을 아무도 모르게 하셨다. 그게 스님이 원했던 흔적 없는 '나눔'이었다. '나눔'이 없는 무소유는 허망한 주장에 불과한 것인지 모른다. 법정스님이 진정 바라셨던 뜻은 무소유하면서 나눔의 삶을 이루라는 것이었다.

그러니까 스님이 무소유의 삶을 사셨던 것은 나눔의 세상을 이루고자 하는 소망에서였다. 나눔은 스님에게 있어서 자비와 사랑의 구체적인 표현이었으니까. 자비와 사랑은 본래의 인간으로 돌아가는 사람의 길이었으니까.

내가 샘터사에 다닐 때 스님 산문집의 판매수익은 샘터사 전체수입의 3분의 1정도나 되었다. 그러니 스님 산문집 판매수익으로 샘터사 직원들이 월급을 받는다고 해도 과장이 아니었다. 스님께도 그때그때 적잖은 인세를 보내드렸다. 그때 나는 스님께서 어디에 인세를 쓰시는

지 관심도 없었다. 스님 원고가 들어오면 편집담당자로서 교정을 보고 송광사 불일암을 오르내리며 편집하느라고 몹시 긴장하고 집중했던 것이다.

이후 출판관계로 스님을 뵌 지 10여 년이 흐른 뒤였다. 그러니까 1993년 봄에야 스님께서 인세수입을 어려운 고학생들에게 나누어주고 계신다는 것을 알았다. 스님은 강원도 오두막에 머물면서 '맑고 향기롭게' 모임을 준비하기 위해 창경궁 앞에 작은 사무실을 전세로 얻었는데, 그해 소득세 세금이 너무 많이 나와 세무서에 문의했더니 그동안 지급했던 장학금(?) 영수증을 가져오라고 한다며 난감해하셨던 것이다. 정부에서 금융실명제를 실시하지 않았더라면 세상에 알려지지 않았을 일이었다. 물론 스님께서 입적한 뒤에는 스님의 학비를 받아 외국유학을 가고, 대학을 졸업한 학생들이 끝내 함구했을 리는 없었겠지만 말이다.

그때 스님께서 직접 해주신 얘기다. 불일암 시절이니 1975년의 일이다. 인세수입이 생긴 스님께서 맨 먼저 남모르게 한 것은 고학생들에게 학비를 지급하는 일이었다. 당신이 출가 이전에 학비를 내지 못해 그 고통이 얼마나 큰 것인지를 알고 있기 때문이었다.

한번은 스님께서 불일암 여신도가 운영하는 '베토벤음악감상실'에 간 적이 있었다. 광주 사람들이 즐겨 찾는 대여섯 평 규모의 조그만 음악 감상실로 나도 몇 번 가본 적이 있는 클래식 전문음악감상실이었다. 스님은 그곳에서 한 학생의 딱한 처지를 이야기 듣고 불일암으로

인세수입이 생긴 스님께서 맨 먼저 남모르게
한 것은 고학생들에게 학비를 지급하는 일이었다.

돌아 온 뒤 음악감상실 여사장 신도에게 학생의 납부금 고지서를 그곳에 놓고 가라고 일렀다. 그때부터 스님은 학생 몇 명을 추천받아 공부를 계속할 수 있게 해주었다. 학비를 대주는 조건은 절대로 알리지 말라는 것 하나뿐이었다. 스님은 학생의 얼굴도 가능한 마주치지 않으려고 계좌번호로 송금하거나 미리 약속한 장소에 놓고 왔다. 학생의 자존심을 상하지 않게 하려고 그랬다.

스님이 고학생에게 학비를 대준 배경은 아마도 당신 학창시절의 고단했던 생활에서 연유하지 않았나 싶다. 나는 법정스님께 당신의 소년시절 얘기를 많이 들었던 편이다. 스님께서 당신의 소년시절 얘기를 언뜻언뜻 해주셨던 것이다. 스님의 수필에 단 한 번도 나오지 않는 얘기들이 대부분이었다.

해남 우수영보통학교를 졸업한 스님께서는 중학교 때부터 목포로 유학을 갔다. 스님께서 4살 때 아버지가 폐병으로 돌아가셨기 때문에 작은아버지가 학비를 대주었다. 그러나 작은아버지가 제때에 학비를 보내주었을 리 만무하다. 우수영 선창에서 배표를 끊는 직업을 가졌던 작은아버지도 자식들을 가르쳐야 했기 때문이었다. 한번은 납부금 기한을 넘겼는데도 학비가 올라오지 않았다. 그래서 스님은 부랴부랴 우수영으로 내려갔지만 작은아버지는 부재중이었다.

스님이 울면서 목포로 올라가려 하자, 작은아버지 빵가게에서 잡무를 보던 집사가 돈을 마련해주어 위기를 넘긴 적도 있었다. 고등학교 때는 인쇄소에서 아르바이트를 하여 생활비를 보태기도 했다. 학비와

생활비는 대학교를 중퇴할 때까지 내내 스님을 괴롭혔던 것이다.

스님의 통장 잔고는 늘 강진의 다산 유배지나, 추사 유배지가 있는 제주도 가는 여행 경비 정도였다. 입적하기 전에 제자들의 강권으로 병원에 입원하셨을 때는 정작 밀린 병원비를 내지 못할 정도로 궁했다. 평생의 인세수입을 학비가 없어 고통 받는 고학생들에게 다 나누어 주었기 때문이었다.

법정스님과 한 가족이 된 꿩과 다람쥐 등 산짐승들.

스님, 그립습니다

1

스님은 팥죽을 좋아하셨다. 병상에 누워 계실 때도, 어느 날 문득 팥과 밀로 쑨 팥죽을 찾으셨다. 스님께서 특별한 맛에 집착했다기보다는 팥죽의 추억을 회상하셨으리라고 짐작된다. 쌍계사 탑전에서 은사 효봉스님을 시봉하실 때 겨울 구례장을 보러 나가 허기를 달래셨던 뜨거운 팥죽, 아니면 불일암에서 정진하실 때 순천장으로 버스를 타고 나가 드셨던 팥죽이 그리우셨으리라.

스님이 병상에 계실 때 시봉했던 상좌들의 얘기 중에 가슴을 치는 얘기가 하나 있다. 죽음을 며칠 남겨두지 않은 극한상황에서도, 스님께서는 부처님의 고행상 같은 모습으로 병상에서 홀로 조석예불을 하셨다고 한다. 아는 것보다 행하는 것이 더 어렵다는 말도 있듯, 정진을 멈추지 않는 여여한 모습을 보임으로써 사람들에게 가르침을 준 스님이야말로 이 시대의 진정한 수행자라는 생각을 하지 않을 수 없다. 수행자는 죽기 전, 혹은 죽어가는 모습에서 한평생의 살림살이가 그대로 드러나는 법인 것이다.

스님께서 입적하시기 직전이었다. 정확하게 정오가 조금 지나서였다. 서울의 H신문사에서 내가 사는 남도 산중으로 전화가 왔다.

"H신문사 문화부 아무개 기자입니다. 법정스님 추도사를 오늘 오후 5시까지 써주실 수 있습니까?"

나는 가슴이 철렁 내려앉는 것 같았으므로 긴 호흡으로 진정하고 난 뒤에야 그 기자에게 되물었다.

"스님께서 입적하셨습니까?"

"병원에서 길상사로 차들이 이동하는 것을 보니 곧 입적하실 것 같습니다. 그래서 미리 원고를 받아두려고 합니다."

"그렇다면 전화를 받지 않은 것으로 하겠습니다. 스님의 제자로서 미리 추도사를 쓴다는 것은 불경스러운 일입니다."

나는 스님의 입적을 가정하고 추도사를 쓸 수 없었다. 스님에 대한 재가제자로서 예의가 아니었던 것이다. 그러자 기자가 막무가내로 사정을 했다.

"입적하시면 전화를 바로 하겠습니다. 그때는 써주십시오. 약속해주십시오."

속보경쟁을 하는 기자의 고충을 알고 있기에 나는 마지못해 허락했다. 조금 뒤 C신문사에서도 전화가 왔다. 나는 이미 약속한 바 있으므

수행자는 마지막 모습에서
한평생의 살림살이가 그대로 드러난다.

로 분명하게 거절했다. 그때부터 머릿속이 텅 비는 듯했다. 마치 죄인이나 된 것처럼 혈압이 오르고 가슴이 떨려왔다.

오후 1시 51분이 되자 전화벨이 다시 울렸다. 스님께서 입적하셨다는 소식을 아주 사실적으로 전하는 기자의 목소리였다. 눈앞이 막막했지만 의자에서 일어나 서재에 마련된 불단의 부처님께 향을 사르고 합장했다. 그러고서 한참 지나자 스님의 일생이, 내가 알고 있는 스님의 출가 전후의 삶이 언뜻언뜻 머릿속을 스쳤다.

2

스님은 유독 나에게 출가 전의 이런저런 얘기를 들려주시지 않았나 싶다. 지금 돌이켜보면, 당신의 삶에 알게 모르게 영향을 끼친 일화들을 잊지 못하고 무슨 계기가 있을 때마다 회상하시곤 했던 것 같다. 보통학교(초등학교) 1학년 늦가을에 마을 상회(商會)에서 할머니가 스님의 생일선물로 옷 한 벌을 사주시고서 추첨 경품을 받게 되어 스님이 경품을 뽑았는데, 갖고 싶었던 사발시계 대신 원고뭉치를 받았다는 이야기, 목포상고를 다니면서 야간에 잉크 냄새가 코를 찌르는 인쇄소에서 아르바이트를 한 이야기를 하시면서 스님은 '글을 쓰는 것이 내 운명이었던 것 같다'고 말씀하신 적이 있다.

초등학교 5학년 때 조선인 담임선생에게서 폭행을 당한 얘기를 하시면서는, 어이없게도 해방 후 목포에서 우연히 마주쳤는데 그 선생이

움찔 놀라더라고 회상하시면서, 몇십 년이 지난 일임에도 연민의 정을 드러내셨다. 중학교 때는 고향인 우수영으로 내려가 선착장에서 작은 아버지의 생업인 여객선 배표 파는 일을 도왔다는 얘기, 납부금이 제 때 올라오지 않아 우수영으로 달려가 운 적이 있다는 얘기도 들려주셨다. 그만큼 궁핍한 시절을 겪었던 스님이기에, 출가 후에도 입적하실 때까지 내내 형편이 어려운 학생들을 남몰래 돕지 않으셨나 싶다. 문민정부 시절의 금융실명제가 전격적으로 실시되기 전에는 스님의 인세 수입이 어디에 쓰이는지 아무도 알 수 없었다.

물론 스님께서 당신의 어린 시절 얘기를 전부 들려주신 것은 아니었다. 굳이 다른 사람에게 드러내고 싶지 않은, 수행자이기 이전에 한 실존인간으로서 고독의 그늘이자 우수의 뿌리가 스님에게도 있었으리라 짐작된다. 스님이 네 살 때 선친께서 폐질환으로 돌아가신 뒤부터 겪었을 아버지 부재의식이나, 고등학교 3학년 때 발발한 한국전쟁은 스님에게 깊은 내상(內傷)을 입혔던 것 같다. 동족상잔의 전쟁 중에 어머니가 늦둥이 여동생을 임신하여 집에 돌아오자, 당시 고등학생이었던 스님은 방문을 걸어 잠그고 사흘 동안이나 나오지 않았다고 한다. 할 수 없이 작은아버지가 방문을 부수고 스님을 불러내 야단을 쳤는데, 그때 스님이 얼마나 울었는지 눈이 퉁퉁 부어 있었다고 한다. 이런 일화는 스님과 함께 어린 시절을 보냈던 분에게서 들었다.

출가 후, 쌍계사 탑전 시절에 하동군 악양면의 한 마을에서 처음으로 탁발을 하는데, 마루에 어린 여동생 또래가 있어 도망치듯 나와버렸다는 얘기를 스님으로부터 직접 들은 적이 있다. 아마도 출가 전에 여동생을 살뜰하게 돌봐주지 못한 자책감 때문이었을 것이다. 스님은 '맑고 향기롭게' 모임이 만들어지기 전에는 강연을 다니시지 않았으나 가끔 예외가 있었다. 어머니들의 모임이라든가, 어머니들을 위한 행사에는 가능한 한 거절하지 않고 참석하셨다. 더불어 여성이나 어머니를 위한 잡지 같은 데서 청탁을 해오면 뿌리치지 않고 집필에 응하셨다. 그 이유가 어렵지 않게 짐작된다. 어쩌면 스님의 내면 깊숙이 어머니와 어린 여동생에 대한 참회의식이 자리 잡고 있지 않았을까?

태풍이 지나가는 한밤중에 풍경 소리가 하도 땡그랑거리어 비바람 맞으며 사다리를 놓고 올라가 풍경을 떼어버렸다는 일화는 스님의 급한 성정을 드러낸 바도 없지 않지만, '문제가 생기면 미루지 말고 지금 바로 해결하라'는 스님의 가르침을 보여주는 것이기도 하다. 스님께서는 지금 이 순간의 문제를 뒤로 미루거나 피하지 말라고 늘 강조하셨다. 나는 그것을 스님만의 선(禪)이라고 믿는데, 다른 이들의 평가는 어떨지 궁금하다.

며칠 전에 어느 원로 문인이 스님을 가리켜 '선(禪)과는 거리가 먼 분이다'라고 평가하는 것을 보고 나는 실망을 금치 못했다. 그분이 말하는 선이, 선방의 울타리 안에 갇혀 화두를 들고 '이뭣고?'에 집중하는 것을 가리키는지, 아니면 경허선사 같은 거리낌 없는 무애행을 가리키는지 내가 정확히 헤아릴 길은 없지만, 모름지기 선이란 자기 개성을 활짝 꽃피우는, 그래서 자기만의 향기를 드러내는 일이 아니겠는가!

아는 것보다 행하는 것이 더 어렵다.

스님은 언제나 자기다움을 강조하셨다. 매화는 매화가 되어야지, 장미 꽃이 되어선 안 된다고 하셨다. 자기 개성을 활짝 꽃피우는 사람이 되어야지, 남을 닮을 필요가 없다고 말씀하셨다.

내가 이해한 바에 따르면, 스님이야말로 소유의 감옥에 갇힌 중생들에게 무소유의 할을 하고 방망이를 휘두른, 스님 식대로 사신 선승이 아니었을까 싶다. 스님이 생존해 계실 때 사람들이 가끔 "법정스님은 선승입니까, 학승입니까?" 하고 묻곤 하여 그 질문을 그대로 스님께 전해드린 적이 있다. 그러자 스님께서는 "무슨 흰소리여!" 하시며 '아무러하면 어떠냐'는 답을 주셨다. 어느 학인이 조주선사에게 "불법이 무엇입니까?" 하고 묻자 "차나 한잔하게"라 한 대답이나, 공양을 했으면 "바리때나 씻게"라 한 대답과 같은 것이리라.

스님은 중국에서 건너온 '조사들의 화두(공안)'에 그다지 우호적이지 않으셨다. 삶에 활력을 불어넣는 활구(活句)가 아니라 사구(死句)로 보시는 것 같았다. 스님은 일상 속에서 순간순간 마주치는 대상으로부터 화두를 찾는 것이 분명했다. 마침 내가 불일암에서 스님과 함께 있을 때였다. 한 방문객이 찾아와 스님을 보더니 격식을 차리지 않고 질문을 던졌다.

"텔레비전에서 보던 얼굴과 똑같그만요. 법정스님이지라우? 스님, 고향이 으디신게라우?"

"현품을 대조해보니 어떻습니까? 고향이라, 허허허. 그거야말로 내 화두네."

한번은 당신을 찾아온 젊은 스님에게 탁구공만 한 알사탕을 주어 입을 다물게 한 뒤, 그 자리에서 화두를 주시기도 했다.

"저 조계산 자락이나 쳐다보고 가게."

그렇다고 스님의 선기(禪機)가 날카롭고 엄하여 범접하기 어려운 것만은 아니었다. 스님의 뛰어난 유머감각 앞에서는 모두들 박장대소했다. 언젠가는 어느 불자가 불일암의 아름다운 봄여름가을겨울을 촬영하여 자비를 들여 컬러판 책을 내어 스님에게 보시했다. 스님께서는 나중에 그 책을 다른 불자에게 선물하면서 이렇게 말씀하셨다.

"보살님, 이 책을 볼 때는 방문을 꼭 걸어 잠그고 아무도 몰래 혼자서만 봐야 합니다."

마치 춘화나 도색 잡지를 권하는 듯한 말투로 주위에 앉아 있던 사람들 모두를 크게 웃게 만드셨다. 또 이런 일화도 있었다. 스님은 프랑스 파리의 길상사에 가시기 위해 동행하는 스님에게 심부름을 시키시곤 했다. 그것을 미안하게 여기셨는지, 하루는 비행기표 예약을 당부하시면서 그 스님에게 이렇게 말씀하셨다.

"내 이름이야 남자 이름처럼 들리지만 스님 이름은 여자 이름처럼 들릴 수 있으니, 예약할 때 꼭 여자가 아니라고 말해야 해요."

비행기표를 예약할 때 법명이 아닌 본명을 밝혀야 했는데 법정스님의 본명은 박재철이었고, 동행하는 스님의 본명은 이름 끝자가 숙 자였던 것이다.

스님이 불일암 시절을 청산하고 다시 강원도 산중의 오두막 수류산

스님이야말로 한국의 수행자가 어떤 길을 가야 하는지
말없이 보여준 분이라고 믿습니다. 스님께서 보여주신 맑은 모습 속에
한국 불교가 다시 태어나는 길이 있다고 확신합니다.

방으로 가실 때였다. 나는 스님의 건강이 걱정되어 휴대폰을 사드리려고 했지만 스님께서는 거절하셨다. 그러면서 이렇게 단서를 다셨다.

"나를 찾아오게 되면 더 깊은 산중으로 들어갈 테니 그런 생각을 마시오."

스님은 강원도 오두막에 계시면서 '맑고 향기롭게' 운동을 더 본격적으로 전개하기 위해 김영한 보살의 시주를 받아 길상사를 창건하셨다. 스님은 길상사를 당신의 재산으로 등기하지 않고 송광사 말사로 하여 평생의 지표로 삼아온 무소유의 삶을 견지하셨다. 스스로 약속하신 대로 입적하시기 전까지 단 하룻밤도 길상사에서 머문 적이 없었다. 스님의 소유가 아니라는 상징이자, 스님 스스로 길상사의 방 하나 소유하지 않겠다는 다짐이었다. 길상사 극락전에서 법문하기 위해 오시는 날에도 차를 마시기 위해 주지실 방을 잠시 들르셨을 뿐이다.

3

스님의 일생을 두서없이 떠올려본 뒤 나는 추도사를 쓰기 시작했다. 절제할 수 없을 만큼 얼굴이 상기되었지만 형용사를 버리고 뼈와 같은 명사와 동사만으로 다음과 같이 써내려갔다.

'눈앞이 막막합니다. 무엇이 바빠 스님께서 좋아하시는 연둣빛 봄날을 마다하시고 가십니까. 영혼의 모음 같다던 뻐꾸기 소리를 더 듣지 않으시고 가십니까. 스님의 속가 외사촌조카인 현장스님께서 전화를 주셨습니다. 스님을 길상사로 모시고 있으니 상경한다고 말씀하셨습니다. 현장스님도 목이 메고 저도 목이 멨습니다. 잠시 후 스님은 이승의 옷을 벗고 내생의 새 옷을 입으셨습니다.

스님.

찻물 올리고 향을 사르며 스님의 명복을 빕니다. 죽음은 생의 끝이 아니라 또 다른 생의 시작이라는 스님의 말씀이 떠오릅니다. 스님께서는 '온몸으로 살고 온몸으로 죽어라'라는 어느 중국 선사의 말씀을 참 좋아하셨습니다. 스님의 일생이 그러합니다.

스님은 초등학교 때 등대지기가 되겠다는 꿈도 꾸어보고, 청년기에는 인간실존에 대해서 괴로워합니다. 동족끼리 피 흘린 한국전쟁은 스님을 더욱 고통스럽게 합니다. 세속은 스님이 살아야 하는 번지수가 아니었습니다.

스님은 출가하여 효봉선사의 제자가 됩니다. 해인사 선방 시절에는 한 아주머니가 장경각의 고려대장경판을 '빨래판 같은 것'이라고 말하여 스님은 한글 역경의 중요성을 절감합니다. 이후 강원을 마치고 운허스님을 도와 『불교사전』을 편찬합니다. 그 인연으로 서울에 올라와 봉은사 다래헌에서 사십니다. 《현대문학》에 〈무소유〉를 발표하시어 문명을 떨치시기도 하고, 장준하, 함석헌 선생 등과 반독재투쟁에도 간여합니다.

인혁당사건은 스님을 몇 달 동안 잠 못 이루게 합니다. 한 무리의 젊은이가 죄 없이 형장의 이슬로 사라지는 만행을 보면서 증오심과 적개심을 품습니다. 그러면서도 수행자로서 깊이 자책합니다. 어떤 운동도 인격 형성의 길로 이어지지 않는다면 무의미하다고 결론을 내립니다.

스님은 송광사로 내려가 불일암을 짓고 텅 빈 충만의 시절을 보냅니다. 그러나 불일암마저 번다해지자 강원도 산중 오두막으로 가 정진하시는 한편, '맑고 향기롭게'의 근본도량인 길상사를 창건하시어 가난하고 힘든 이들의 의지처가 되게 하였습니다.

스님.

저는 스님의 내면을 조금 보았습니다. 스님께서는 영화 〈서편제〉를 조조로 보시면서 맑은 눈물을 흘리셨습니다. 스님께서는 소년기부터 감내할 수 없을 정도의 고독을 견디신 분입니다. 그러나 그 고독을 거름 삼아 깨달음의 꽃을 피우신 분입니다. 중학교 때 납부금을 내지 못하여 울면서 배를 타고 목포로 갔던 스님. 진도 쌍계사로 수학여행을 가서 절을 떠나기가 아쉬워 울었던 스님. 효봉스님을 시봉할 때 고방 호롱불로 『주홍글씨』를 읽다가 야단맞고 유난히 좋아했던 책을 아궁이에 태워버렸던 스님.

사람들은 더러 스님을 수필 쓰는 문인으로 생각합니다. 그러나 저는 스님에게 글은 세상과 소통하는 수단이었을 뿐이라고 여깁니다. 세상 사람들은 스님께서 하루에 한두 시간 글 쓰고 나머지 모든 시간을 수행자로서 정진했다는 것을 모릅니다. 관념적이고 맹목적인 선禪을 거부하시고 선방 울타리를 벗어나 '내 손발이 상좌'라며 홀로 수행하셨다는 것을 모릅니다. 저는 스님이야말로 한국의 수행자가 어떤 길을 가야 하는지 말없이 보여준 분이라고 믿습니다. 스님께서 보여주신 맑은 모습 속에 한국 불교가 다시 태어나는 길이 있다고 확신합니다.

스님.
저는 스님의 부끄러운 제자입니다. 다만, 스님께서 원하시는 제자의 모습을 보여 스님의 가시는 발걸음이 가볍도록 발원하겠습니다. 그것이 스님을 떠나보내는 제자들의 도리라고 생각합니다. 스님께서 40대에 미리 써놓았던 유서 한 대목을 읽으며 기도하겠습니다. 스님께서는 내생에도 다시 한반도에 태어나 모국어를 더 사랑하고 출가 사문이 되어 못다 한 일들을 하고 싶다고 하셨습니다. 스님! 가시는 발걸음 부디 가벼우소서. 『화엄경』의 선재동자도 만나시고, 어린 왕자가 사는 별나라에 가시어 원(願)을 이루소서. 한반도에 다시 오시어 못다 한 일들 이루소서. 정찬주 합장'

H신문사 문화부에 추도사 원고를 보내고 난 사흘 뒤였을 것이다. 송광사 다비장에서 편백나무 향기 같은 맑고 향기로운 법향(法香)을 남긴 채 스님의 육신은 마침내 시간과 공간을 버렸고, 나는 산방으로 돌아와 사립문을 닫아걸고는 스님을 그리워하는 마음으로 『소설 무소

스님! 가시는 발걸음 부디 가벼우소서.
어린 왕자가 사는 별나라에 가시어 원(願)을 이루소서.
한반도에 다시 오시어 못다 한 일들 이루소서.

유』 집필에 들어갔다. 스님 살아생전에 스님의 사상을 글로 한번 정리해보고 싶다고 했을 때 스님께서 미소를 지으신바, 그 맑은 미소의 힘으로 무사히 1천 매 이상의 장편소설을 끝냈던 것이다.

『소설 무소유』는 만상좌 덕조스님, 길상사 주지 덕현스님의 감수를 받았다. 스님께서 남기고 가신 법향에 누가 되고 싶지 않아서였다. 소설이 미국으로 가 어느 사람에게 읽혀졌는지 그곳에서 전해져온 말이 잊히지 않는다.

"법정스님은 달라이 라마와 같이 위대한 분입니다."

순간 나는 등잔 밑이 어둡다는 속담을 떠올렸다. 그제야 위대한 수행자 한 분이 우리 곁에 왔다가 떠났다는 사실이 실감됐다. 비로소 스님과 함께한 시간이 나에게 얼마나 큰 행복이었는지를 깨달았다.

불일암을 다시 찾아간 날, 수선화 향기가 은은한 이른 아침인데도 한 부부가 불일암으로 올라와 툇마루에 앉아 있었다. 스님이 생각나 서울에서 내려왔다는 60대로 보이는 부부였다. 뚱뚱한 남자는 다리가 불편한데도 불일암까지 올라와 스님의 흔적을 찾느라고 두리번거리고 있었다.

"거사님, 저기 뜰에 법정스님이 산책하고 계시네요. 잘 보시면 보일 겁니다."

"아, 그런가요?"

입적하시기 전 외가 사촌누님이 병상을 찾아와 이제 어디서 만날 거냐고 묻자, 스님은 불일암으로 돌아올 것이라고 말씀하셨다. 나는 스님의 원력이 깃든 그 말씀을 지금도 믿고 있다. 스님의 숨결이 스민 불일암 경내에 핀 꽃 한 송이의 향기노 낱는 사의 몴이 아닐끼 싶다. 스님이 졸참나무로 만든 '빠삐용 의자'도 보인다. 스님이 영화 〈빠삐용〉을 보고 나서 이름을 지어주신 의자이다. 빠삐용이 절해고도에 갇힌 것은 '인생을 낭비한 죄'였다. 나는 주춤주춤 다가가 눈길을 줬을 뿐 감히 스님이 남긴 의자에 앉지 못했다.

문득 후회되는 일 하나가 가슴에 사무친다. 병이 깊어져 몹시 수척해진 스님께서 불일암 달을 보고 내려가라 하셨는데도 내가 밤눈이 어두운 탓에 해 떨어지기 전에 산방으로 돌아오고 만 일이다. 예나 지금이나 밤눈뿐만 아니라 마음눈도 어두운 나다. 그날이 불일암에서 스님을 마지막으로 뵙는 날이 될 줄은 꿈에도 몰랐던 것이다.

스님, 뵙고 싶습니다.

이 세상에서 가장 소중한 시간은 지금 이 순간이고,
이 세상에서 가장 소중한 사람은 이 순간에 만나는 사람이다.

2장
스님의 가정방문

마지막 봄 말씀/ 스님의 가정방문/ 대통령이 초대
스님의 모국어 사랑/ 무소유를 소유하려는 세상/ 입과 눈과 귀
여러 사람에게 갈 행복/ 좋은 친구 찾기/ 혼밥과 혼차/ 세 권의 책
절은 절하는 곳이다/ 고승의 조건/ 너무나 인간적인 축사
후회스러운 선물/ 법정스님의 찻잔/ 우연은 없다

마지막 봄 말씀

하늘에서 떨어지는 빗방울 하나도 느끼는 자의 것이라 했다. 법정스님의 수많은 법문 중에 가장 내 가슴을 적신 말씀은 무엇이었을까? 아마도 돌아가시기 전에 길상사에서 하신 '마지막 봄 말씀'이 아닐까 싶다. 하늘에 구름 한 점 일듯 홀연히 생각나는 말씀이다.

"눈부신 봄날입니다. 다시 만나 다행입니다. 언젠가 내가 이 자리를 비우게 될 것입니다."

그날 스님은 대중과 이별할 날을 예감한 듯 말씀을 이어가셨다. 미리 죽음을 초월한다는 것이 얼마나 어려운 일인가. 스님은 죽음이 별것 아닌 양 떠날 날이 얼마 남지 않았다고 담담하게 말문을 열었다. 스님을 흠모하는 몇몇 사람들이 손수건으로 눈을 찍었다. 스님과의 작별을 미리 슬퍼하는 듯했다.

그러나 나는 그것보다는 스님의 첫 마디에 전율하고 있었다. 사람

덧없음을 깊이 자각해야만
어둔 생에 환한 불이 켜지는 것이 아닐까.
덧없는 생이기에
오히려 더 치열하게 살아야 하지 않을까.

간에는 현재의 자리에서 이심전심으로 꽃향기를 함께 느끼듯 마음을 주고받음이 가장 소중하다는 것을 첫 마디에 다 말씀하셨기 때문이다.

'눈부신 봄날입니다. 다시 만나 다행입니다.'

이보다 명징한 표현이 어디 있을까?

중학교 2학년 때 톨스토이의 『인생독본』을 읽은 적이 있다. 4백 쪽 정도의 두꺼운 책으로 그 내용은 거의 기억나지 않지만, 50여 년이 지난 지금까지도 잊히지 않는 구절이 있다. 다음과 같은 문장이다.

이 세상에서 가장 소중한 시간은 지금 이 순간이고,

이 세상에서 가장 소중한 사람은 이 순간에 만나는 사람이고,

이 세상에서 가장 소중한 일은 지금 이 순간 만나는 사람에게 사랑과 자비를 베푸는 일이다.

스님은 길상사 법당에서 다시 만난 사람들에게 침묵으로 걸러진 말을 어떻게 전할지 집중하고만 있었지, 자신의 앞날을 걱정하고 있지 않았던 것이다. 그러면서 스님은 신도들에게 꽃이 피어 봄이 되듯 자기만의 꽃을 피우며 살라는 주체적인 삶을 주문했다.

"길상사에 연등이 너무 많이 걸려 있어 꽃과 잎을 볼 수 없습니다. 저마다 독특한 기량을 뽐내는 꽃이 피기에 비로소 봄인 것이지, 봄이라서 꽃이 피는 것이 아닙니다."

법정스님은 연등이 너무 많이 걸려 있으니 꽃과 잎을 볼 수 없다고 이같이 나무라셨다. 기도하는 마음으로 연등을 단다고 하더라도 자연을 발견하지 못하도록 가릴 정도면 한낱 욕심에 지나지 않을 수 있으니 경계하라는 뜻이 아니겠는가. 심지어 성철스님은 부처님 오신 날에 연등을 아예 걸지 못하게 했다. 그러고 보니 두 분 모두 스님 가운데 스님이다.

연등 하나라도 더 걸어놓으려 하는 것이 요사이 절의 모습이다. 세상의 어둠을 밝힌다는 연등에도 차등이 있어 거는 자리에 따라 가격이 다르다. 어딘지 앞뒤가 맞지 않는 느낌이다.

그날 길상사 법당에서 스님의 마지막 말씀이 된 법문의 요지는 생의 덧없음이었다. 덧없음을 깊이 자각해야만 어둔 생에 환한 불이 켜지는 것이 아닐까.

"봄날은 갑니다. 덧없이 갑니다. 거룩한 침묵을 통해서 듣기 바랍니다."

봄날이 어떻게 오는지 남의 지식에 의지하지 말고 각자가 봄소식을 느껴보라는 말씀이 아닐까 싶다. 덧없는 생이니 오히려 더 치열하게 살아야 한다는 반어법의 가르침이다. 스님이 남기신 화두라는 생각이 든다. 꽃피는 봄날이 기다려지는 추운 겨울이다.

스님의 가정방문

마당가 연못에 수련꽃이 피어 있던 한여름이었다. 법정스님께서 예고 없이 전화를 주셨다. 내일 내가 사는 산방으로 '가정방문 갈 것이니 외출하지 말라'는 것이었다.

가정방문. 참으로 오랜만에 듣는 말이었다. 담임선생님이 학생들의 집을 방문하여 이런저런 속사정을 살피는 것이 가정방문이었다. 나의 고등학교 담임선생님은 우리 어머니와 고향이 같아 '누님', '동생' 하고 친근하게 지내셨던 것이 기억난다. 목포고등학교에서 근무하실 적에, 수업시간인데도 뒷자리에서 콧노래를 흥얼거리는 '남진'이란 학생에게 군밤을 먹인 일이 있다고 말씀하시던 고 김남규 선생님이었다.

담임선생님이 오신다고 하면 집안은 잠시 긴장을 하기 마련이었다. 아버지는 마당을 쓸고 어머니는 음료수와 과일을 준비했다. 나는 담임선생님이 나의 수업태도나 성적 같은 것을 트집 잡지 않을까 싶어 떨

사람이 자연에서 멀어지면 병원이 가까워진다.

떠름해 있기 일쑤였다. 담임선생님이 가시고 나면 나의 처지는 늘 불리한 편이었다. 아버지의 훈계를 듣는 것이 가정방문의 마무리였기 때문이다.

법정스님의 방문은 비록 내가 불가의 제자이기는 하지만 학창시절의 가정방문과는 달랐다. 스님은 내가 우린 차를 마시면서 나에게 주로 격려를 하셨다. 산중생활을 하면서 저절로 육식을 하지 않게 되었다고 말씀드리자 '말할 수 없이 좋은 변화'라고 하셨고, 서울에서 만났을 때보다 내가 훨씬 건강해 보인다고 하시며 '사람이 자연에서 멀어지면 병원이 가까워진다'고 덧붙이셨다. 그리고 연못에 물을 대는 고무호스를 보고는 '나무나 대나무 관으로 바꾸시오'라고 즉석에서 지적하셨다. 스님은 내 산방을 떠나신 뒤 다음과 같은 글을 발표하셨다.

'남쪽에 내려간 김에 도시생활을 청산하고 시골에 내려가 흙을 만지면서 새롭게 살아가는 한 친지를 방문했다. 소비와 소모의 땅, 도시를 떠나 시골에서 혼자서 살아가는 그 의지와 결단에 우선 공감했다. 작가인 그는 새로운 터전에서 살고 싶어 새로 집을 지어 나무를 심고 연못을 파고 채소를 가꾸면서 작업을 한다. 보기에 아주 건강한 삶을 시도하고 있다.'

스님이 나의 산방에 남기신 또 하나의 흔적이 있다. 스님께서 주신 내 법명인 '무염'을 집어넣어 '무염산방'이라고 써주신 현판 글씨이다. 스님은 낙관 찍는 것은 자기 글씨 자랑하는 거라며 낙관을 찍어주지 않았다. 다만 방에 걸어둘 글씨라면 낙관을 찍어주시겠다며 한 점을 더 써주셨다. 그래서 나는 지금도 스님의 친필 글씨 두 점을 보관하고 있다. 낙관이 없는 현판 글씨를 볼 때마다 자기 규율을 철저하게 지켜 갔던 생전의 스님을 대하는 것 같아 어영부영 흐트러지려는 나 자신을 바로잡곤 한다.

사람들은 낙관이 있어야 글씨의 가치를 보장받는다고 하는데, 나는 그 반대다. 낙관이 없으므로 나에게는 더 보배가 된 것 같다. 내 산방을 찾아오셨던 스님의 가정방문이 오늘따라 사뭇 그립다.

대통령의 초대

어느 해 7월 중순이었다. 갑자기 법정스님께서 부르셨다. 나는 영문을 모른 채 스님께서 '맑고 향기롭게' 조직을 준비하시던 사무실로 달려갔다. 사무실은 비원 앞에 있었고, 내가 일하는 샘터사에서 승용차로 10분 걸리는 거리에 있었다.

스님께서는 나를 보자마자 대뜸 비원에 함께 가자고 하셨다. 마침 밖에 비가 내리고 있어 우산을 챙겨들고 나섰다. 비원은 입장객이 모아지면 안내자의 인솔을 받아 정해진 코스로 들어갔다가 나오게 되어 있었다. 스님과 나는 오전 11시경까지 기다리다가 입장했다. 나는 해설하는 인솔자에게 자유 관람을 하게 해달라고 양해를 구했다. 대신 정해주는 시간까지 나오겠다고 약속했다. 인솔자는 스님의 얼굴을 알아보고는 자유 관람을 허락했다. 스님과 나는 일반 관람객들의 무리를 떠나 부용지로 가는 길로 곧장 걸었다.

"독립기념관 백련지에 연꽃이 없어졌다고 해요. 기독교 신자인 대통령이 취임한 이후에 뽑아버렸다는 거예요. 비원 부용지는 사정이 어떤지 모르겠어요. 확인해보려고 왔어요."

비가 멎은 듯해서 우산을 접었다. 부용지 한쪽에는 부용정이라는 단아한 정자도 있었다. 아마도 조선시대 왕족들이 부용지의 연꽃을 감상하기 위해 지은 정자인 듯싶었다. 그러나 부용지가 눈에 들어오는 순간 연꽃이 보이지 않는다는 사실을 알았다. 독립기념관과 마찬가지로 여기도 관리자가 연꽃을 뽑아내 버렸음이 분명했다.

스님은 언짢으신지 표정이 어두웠다. 비원을 나와서, 스님과 나는 말없이 헤어졌다. 그리고 며칠 뒤 스님께서는 한 일간지에 〈연못에 연꽃이 없더라〉라는 제목의 칼럼을 발표하셨다. 칼럼의 뒷부분만 소개하자면 다음과 같다.

'비원에는 연꽃의 다른 이름인 부용에서 따온 부용정과 부용지가 있지만 역시 연꽃은 볼 수 없었다. 불교에 대한 박해가 말할 수 없이 심했던 조선왕조 때 심어서 가꾸어온 꽃이 자유민주주의 체제 아래서 뽑혀 나간 이 연꽃의 수난을 우리는 어떻게 받아들일 것인가? 꽃에게 물어보라. 꽃이 어떤 종교에 소속된 예속물인가? 불교 경전에서 연꽃을 비유로 드는 것은 어지럽고 흐린 세상에 살면서도 거기 물들지 말라는 뜻에서다. 불교 신자들은 연꽃보다 오히려 백합이나 장미꽃을 더 많이 불전에 공양하고 있는 실정이다. 아, 연못에서 연꽃을 볼 수 없는 그런 시대에 우리는 지금 살고 있다.'

불교 경전에서 연꽃을 비유로 드는 것은
어지럽고 흐린 세상에 살면서도 거기 물들지 말라는 뜻에서다.

칼럼이 나간 뒤 스님께서 또 서울에 올라오시어 '맑고 향기롭게' 사무실로 나를 불렀다. 대통령이 공무원을 보내 '연못에 다시 연꽃을 심도록 조치했다'고 전하면서, 스님을 청와대로 초청하려 했지만 사양했다고 말씀하셨다. 대통령의 초대를 거절한 셈이었다. 권력자를 멀리하고 힘없는 자를 가까이하는 수행자이시기 때문이었다.

스님은 심지어 조계종 총무원도 피해 다니셨다. 한번은 내가 스님을 모시고 근방에 갈 일이 있었는데 스님은 총무원 옆을 지나가지 않기 위해 길을 멀리 돌아가셨다. 나도 나이를 먹으니 당시 스님께서 어째서 그러셨는지를 이해할 수 있게 되었고, 수행자 집단에도 이른바 권승이 있음을 알게 되었다. 부처님도, 주변의 무리가 향기롭지 않을 때는 함께하지 말고 차라리 '무소의 뿔처럼 혼자서 가라'고 하셨다.

스님의 모국어 사랑

법정스님께서 40대에 미리 써놓았던 유서의 한 부분이다. 스님께서는 내생에도 다시 한반도에 태어나 모국어를 더 사랑하고 출가 사문이 되어 못다 한 일들을 하고 싶다는 말씀을 남기셨다. 유서의 일부에 불과하지만 모국어란 살가운 말이 오늘 내 가슴에 꽂힌다. 문단 말석에 앉은 소설가로서 글을 밥 삼아 일 삼아 써온 사람이어 더욱 그런지 모른다.

내가 샘터사에 입사했을 때 편집주간이었던 분이 "스님의 두 번째 수필집 제목을 입석자로 할 뻔했어요"라는 이야기를 들려주셨다. 처음에 스님께서 지은 제목인 '입석자'를 출판사에서 '서 있는 사람들'이라고 바꾸어 제시하자, 흔쾌히 받아들이셨다는 것이다. 아마도 이때부터 스님께서 우리말에 대한 관심을 더 갖게 되지 않았나 싶다.

이후 스님의 책은 실무담당자인 내가 불일암을 오가면서 주로 펴냈다. 『텅 빈 충만』, 『버리고 떠나기』, 『물소리 바람소리』, 『새들이 떠나간

텅 빈 충만, 진공묘유……
참으로 비었는데 묘하게도 가득 차 있다.

숲은 적막하다』,『말과 침묵』,『그물에 걸리지 않는 바람처럼』 등등이다.『텅 빈 충만』은 선가의 용어인 진공묘유를 우리말로 푼 것이다. 참으로 비었는데 묘하게도 가득 차 있음이 진공묘유의 뜻이다.『버리고 떠나기』라는 제목도 마찬가지다. 구름처럼 물처럼 떠돈다고 하여 수행자를 운수납자라고 하지 않는가.『물소리 바람소리』도 자연의 무정설법을 편하고 쉬운 우리말로 환치한 것이다.『새들이 떠나간 숲은 적막하다』는 인간의 탐욕으로 인한 자연의 훼손을 경고한 제목이고. 다만 잡지《샘터》의 〈산방한담〉 꼭지에 연재되었던 원고를 책으로 묶었을 땐 스님의 동의 없이 제목을 바꿀 수 없는 경우였기에 그대로『산방한담』이란 제목으로 발간했는데, 독자들의 반응이 크게 떨어졌던 것으로 기억한다. 책 내용은 스님의 다른 산문집과 비교해봤을 때 별로 차이가 나지 않지만, 제목이 한자로 지어졌기 때문에 독자들이 어려워한 것 같다고 서점 관리 직원은 진단했다.

한편, 스님의『인도기행』은 나로서는 결코 잊지 못할 책이다. 스님께서 인도로 떠나시기 전이었다. 나는 스님을 을지로상가로 모시고 가서 작고 가벼운 카메라 한 대를 사드렸다. 스님께서 고르신 제품은 저가의 올림푸스 자동카메라였다. 당시『인도기행』초판은 스님 특유의 사유가 밴 글과 직접 찍은 흥미롭고도 소박한 사진들로 채워진 여행기였는데, 나중에 한 사진가의 프로페셔널하고 강렬한 사진으로 바뀌어 개정판을 찍었다. 대상을 바라보고 탐구하는 스님만의 밀도 있는 시선과, 을지로상가까지 동행했던 내 작은 성의에 대한 기억이 빛을 잃은

듯해서 실망을 감출 수 없었다. 다행히도 2006년도의 개정판은, 스님이 찍은 초판의 사진들로 다시 돌아갔다. 돌이켜보면, 어려운 한자 대신 쉽고 진솔하게 다가오는 우리말에 대한 스님의 선호는, 소박한 마음을 가감 없이 표현하는 스님의 사진 찍기와도 통하지 않을까 싶다.

스님께서 언젠가 내게 말씀하셨다. "무염거사, 박경리 씨가 『토지』에 경상도 사투리를 써서 실감나게 한 것처럼 무염거사도 전라도 사투리로 써봐요." 그때까지 습관적으로 표준말만 구사하여 집필해온 나에게 스님의 이 권유는 새로운 영감을 불어넣어주었다. 결국 나는 정약용의 유배생활을 그린 장편소설 『다산의 사랑』, 영웅이 아닌 인간 이순신을 그린 대하소설 『이순신의 7년』에 전라도는 물론이고 충청도, 경상도 사투리를 사용하면서 토속어가 얼마나 힘 있고 정겨운지를 새삼 깨달았다.

　모국어의 소중함과 사투리의 가치, 인품이 묻어나는 소박한 카메라의 시선을 깨우치게 해주신 스님께 감사를 드린다.

무소유를 소유하려는 세상

법정스님이 입적하신 뒤 나는 나름대로 근신하는 기간을 보냈다. 스님을 생각할 때마다 허허롭기 그지없었다. 좀 더 자주 찾아뵙지 못한 자책 때문이었다. 편지라도 자주 할걸 후회도 들었다.

스님의 흔적이 묻은 물건들을 헤아려보니 꽤 되었다. 인도나 미국에서 띄우신 엽서, 간디 기념관에서 사 오신 원숭이 상, 강원도 오두막에 사시면서 '천식 때문에 걱정을 끼쳐 죄송합니다'라고 적어 보내신 편지까지. 가장 애틋했던 기억은 스님께서 겨울내의를 보내주셔서, 살아 계실 적 아버지께 드린 일이다. 아마도 내의를 여러 벌 선물 받아 당신의 필요에 넘치는 것들을 정리하셨을 것이다. 스님은 무엇이든 하나만 소유하셨다.

"차를 즐겨 마시기 때문인지 다기를 좋아하지요. 그런데 누가 다기 세트를 또 선물해서 두 벌이 됐어요. 두 벌을 갖고 보니 한 벌 가지고

베푼다는 것은 소유하고 있는 것을 주는 행위이고,
나눈다는 것은 잠시 맡아 지닌 것을 되돌려주는 행위다.
그리고 돌려준다는 것은
상하나 수평이 아닌 인연을 따르는 것이다.

있을 때보다 살뜰함과 고마움이 사라지더라고요. 그래서, 선물한 이에게는 미안한 일이었지만 다기 세트 한 벌을 다른 이에게 주어버렸지요."

생존을 위해 최소한의 것만 소유함으로써 무엇에 얽매이지 않고 홀가분해지자는 것이 '무소유'의 요지였다. 그런데 스님이 입적하시고 나자, 스님의 책『무소유』가 경매에 나와 놀랄 만한 금액으로 거래됐다. 창원에 사는 사촌동생도『무소유』를 구할 수 없겠냐고 내게 전화했다. 내가 법정스님 제자이니『무소유』를 몇 권쯤 보관하고 있는 줄 알았던 모양이다. 그러나 나에게는 한 권도 없었다.『무소유』는『영혼의 모음』이란 책에서 가려 뽑아 편집한 책이었고, 나는『영혼의 모음』을 갖고 있었기에 굳이『무소유』를 가질 필요가 없었던 것이다.

『무소유』를 가지려는 소유의 광풍은 이제 잦아든 것 같다. 돌이켜보면 씁쓸함을 감출 수 없다. 집착하지 말라는 가르침이 담긴『무소유』가 소유의 대상이 되었으니까. 사람들은 왜『무소유』를 소유하고 싶어했던 것일까? 가지고 싶어 하는 것과 읽고 싶어 하는 것은 차원이 다르다. 그러한 심리상태는 무엇일까? 스님은 현대인들의 소유지향적인 마음이『무소유』에서 위안을 받았으리라고 말씀하신 적이 있다.

"현대로 올수록 사람들은 '소유'를 강요하는 정신적 고통에서 벗어나고픈 열망을 갖게 되는 것 같아요. 내가『무소유』란 책을 낼 때는 '무소유'란 개념이 없었지요. 또 '무소유'를 정신적인 가치로 알아주지도 않았어요. 책 제목을 지을 때 출판사 사장이 난색을 표했는데 내가 우겨서 정한 제목이에요."

스님은 '베푼다'는 말보다 '나눈다'라는 말을 즐겨 쓰셨다. 베푼다는 것은 소유하고 있는 것을 주는 행위이고, 나눈다는 것은 잠시 맡아 지닌 것을 되돌려주는 행위라고 말씀하셨다. 같은 말 같지만 가만히 들여다보면 다르다. 베풂은 상하관계이고, 나눔은 수평관계이다. 그리고 돌려준다는 것은 상하나 수평이 아닌 인연을 따르는 수연행이다. 우주적 관계라고나 할까.

입과 눈과 귀

작년 11월 그리스 여행 중에 있었던 일이다. 아테네 시의 아크로폴리스
에 올라가 에레크테이온 신전과 파르테논 신전을 본 뒤였다. 관광객들
이 파르테논 신전의 거대한 돌기둥과 조각된 문양들을 보고 탄복하는
데 나는 좀 무덤덤하게 감상했다. 석질이 무른 대리석이었기 때문이다.
우리나라의 석조물처럼 단단한 화강암이 아니었다. 화순 쌍봉사의 철감
선사 부도나 경주 불국사의 다보탑처럼 화강암을 도자기진흙 주무르듯
했다면 나 역시 감탄했을 것이다. 때마침 그 시간에 광화문광장에서 직
접민주주의의 형태인 촛불시위가 벌어지고 있었으므로 동참을 못해 시
큰둥한 기분이 들었는지도 모르겠다.

　돌산 산정에 있는 아크로폴리스에서 내려와 노상카페와 상점들이
늘어선 플라카 지역의 뒷골목에 들어서야 답답함이 가시었다. 어느 기
념품 가게에 들렀더니 온통 대리석으로 만든 부엉이 조각품뿐이었다.

주인에게 물어보니 아테네 시를 상징하는 새가 부엉이라는 답이 돌아왔다. 아테네가 지혜의 여신 이름이므로 부엉이가 상징하는 바도 지혜라고 덧붙였다. 다른 것보다 비교적 큰 부엉이 한 마리를 산 뒤 가게를 나서려는 참이었다. 가게 진열대 구석에 각기 다른 모습을 하고 있는 세 마리 부엉이 상이 눈에 들어왔다. 한 마리는 날개로 입을 가리고 있고, 또 다른 한 마리는 눈을 가리고 있고, 나머지 한 마리는 귀를 가리고 있었다.

나는 부엉이 상의 의미를 알 듯했으므로 선뜻 지갑을 열었다. 주인이 굳이 설명하지 않았는데도 나는 그것을 흥정 없이 샀다. 법정스님께서 인도를 여행하시고 돌아와 내게 선물한 기념품도, 같은 의미를 지닌 세 마리 원숭이 상이었던 것이다. 스님께서 뉴델리에 있는 간디 기념관에 들렀을 때 생전의 간디가 애지중지했다는 세 마리 원숭이 상을 보신 모양이었다. 그것이 상징하는 의미 때문에, 모조품임에도 방문객들에게 인기 있는 기념품이라고 말씀하셨다.

원숭이가 손으로 입을 가린 것은 나쁜 말을 하지 말고, 눈을 가린 것은 나쁜 것을 보지 말고, 귀를 가린 것은 나쁜 소리를 듣지 말라는 뜻이라고 설명하셨다. 바꿔 말하자면 입은 좋은 말을 하라고 있고, 눈은 좋은 대상을 보라고 있으며, 귀는 좋은 소리를 들으라고 있는 것이지, 그 반대가 아니라는 뜻이었다.

사람의 모든 행위는 둘 중 하나라고 믿지 않을 수 없다. 오직 복을 발하는 행위나 복을 감하는 행위만 있을 뿐이지 그 중간은 없다고 본

입은 좋은 말을 하라고 있고,
눈은 좋은 대상을 보라고 있으며,
귀는 좋은 소리를 들으라고 있다.

다. 인과에 어찌 이것도 아니고 저것도 아닌 중간이 있을 것인가. 이를 발복과 복감이라고 하는데 그 행위의 징검다리는 앞서 말한 입과 눈과 귀가 아닐까?

법정스님께서 세 마리 원숭이 상을 내게 선물한 뜻도 깊이 헤아려보면 거기에 있지 않을까 싶다. 나는 지금도 거실 불단 위에 세 마리 원숭이 상을 올려놓고 스스로를 되돌아보며 성찰하곤 한다.

여러 사람에게 갈 행복

삼청동 법련사는 법정스님이 서울에 오실 때마다 머무르던 절이었다. 스님은 민폐라며 절대로 신도 집에 머물지 않았다. 그러니 법정스님에게 볼일이 있는 일간지 기자나 나 같은 출판사 담당자들은 법련사로 가서 스님을 뵈었다. 그때의 법련사는 지금 같은 현대식 건물이 아닌 한옥의 정겨운 느낌이 드는 절이었다.

어느 날이었다. 스님께서 프랑스 파리에 길상사를 창건하려고 동분서주하실 때였다. 나는 스님으로부터 연락을 받고 법련사로 갔다. 조그만 방에 스님과 함께 여장부 같은 분위기의 여성이 앉아 있었다. 스님께서는 이런 말씀을 하고 계셨다.

"파리에 가보니 절이 하나도 없어요. 유학생도 많고 교포도 제법 되는데 마음을 의지할 만한 절이 없는 거예요. 그래서 절을 하나 짓기로 하고 유럽의 수도원을 돌아봤어요."

행복이란 스스로 지은 만큼 스스로 받는다.

스님께서는 불자는 물론이고 종교가 다른 유학생들에게도 개방하여 서로 위로하고 의지하는 절이 되기를 바랐다. 그런데 절을 짓는 데드는 경비가 문제였다. 스님은 원고료가 있으니 걱정할 것 없다며 시작하려 했으나, 경비가 예상을 뛰어넘는 엄청난 액수라 현실적인 난제였다. 스님의 이야기를 듣고 있던 여성분이 말했다.

"제가 벽돌 한 장 값부터 절이 완성될 때까지 모든 비용을 희사하겠습니다. 스님, 저에게 기회를 주십시오."

"말씀은 고맙습니다. 그러나 한 사람이 절을 짓는 것보다 여러 사람이 십시일반으로 마음을 모아 짓는 것이 더 의미가 있지 않겠습니까. 그래야 여러 사람들에게 길상사가 내 집 같을 것입니다."

"아, 스님, 그럴 수도 있겠습니다."

이후 나는 파리 길상사에 대해서 잊고 지냈다. 내가 파리에 갈 일이 있다면 길상사에 묵으라고 권유하셔서 절이 예정대로 창건됐나 보다 생각했을 뿐이었다.

그런데 파리의 길상사 창건 과정에 우여곡절이 있었다는 것을 스님이 돌아가시고 7년이 지나고서야 알게 되었다. 프랑스와 한국을 오가며 활동하는 재불 화가 방혜자 화백이 내가 사는 산방으로 찾아와 길상사 창건 일화를 들려준 것이다. 방혜자 화백은 스님의 원고료에다 파리에 거주하는 불자들의 보시는 물론이고 자신의 그림까지 팔아 길상사 창건 작업을 도왔다며 고개를 절레절레 저으면서 사연을 전해주었다. 그때 그 여자분이 길상사를 지어주었더라면 선뜻 마음을 낸 파리에 거주하는 분들의 걱정과 고생은 면했을 터. 그런데 스님은 왜 사양했을까?

불가에는 자작자수(自作自受)란 말이 있다. 행복이란 스스로 지은 만큼 스스로 받는다는 말이다. 스님께서는 여러 사람에게 가야 할 행복이 한 사람에게만 가는 것을 경계하셨을지 모른다. 그렇다. 공짜를 좋아하는 세상에서 모름지기 수행자라면 이러한 '행복의 문법'까지 가르쳐주는 것이 바른 도리이지 않겠는가.

좋은 친구 찾기

불가에서는 친구를 도반이라고 한다. '진리를 구하는 길동무'라는 뜻이다. 그렇지 못한 사이라면 차라리 혼자서 가라고 부처는 가르쳤다. 초기 경전인 『숫타니파타』에 나오는 '무소의 뿔처럼 혼자서 가라'의 가르침이 바로 그것이다.

우리는 참으로 친구를 얻는 행복을 기린다.
자기보다 뛰어나거나
비슷한 친구와는 가까이 친해야 한다.
그러나 이런 친구를 만나지 못할 때는
허물을 짓지 말고
무소의 뿔처럼 혼자서 가라.

"좋은 친구는 먼 데 있는 게 아니라
바로 가까이 있습니다.
그 친구가 지닌 좋은 요소, 좋은 향기를
내가 제대로 받아들이지 못하고 있는 것입니다."

외톨이가 되거나 고독해야 진리를 구할 수 있다는 가르침이 절대로 아니다. 서로가 숫돌이 되고, 칼날이 되어주는 관계가 좋은 친구라는 것이다. 법정스님은 친구에 대해 다음과 같이 말씀하신 적이 있다.

"주변에 나쁜 친구를 가려내기 전에 나 자신이 과연 남에게 좋은 친구 역할을 하고 있는지 스스로 물어봐야 합니다. 허물을 밖에서 찾을 것이 아니라 나 스스로가 좋은 친구를 만날 수 있는 그런 바탕이 되어 있는가 아닌가를 스스로 물어야 합니다.

좋은 친구란, 나를 속속들이 잘 알고, 나를 받아주고 세상에선 다 내치더라도 나를 이해해주는 마음의 벗입니다. 좋은 친구란 서로의 부족하고 모자람을 채워주는 것입니다. 온전한 사람이 어디 있습니까? 다 부족합니다. 그것을 내 친구가 채워줍니다. 좋은 친구는 먼 데 있는 게 아니라 바로 가까이 있습니다. 그 친구가 지닌 좋은 요소, 좋은 향기를 내가 제대로 받아들이지 못하고 있는 것입니다."

법정스님께서 친구로 여긴 분은 한둘에 불과했다. 천주교 원주교구의 장익 주교님 정도였다. 그 밖에는 지인이라거나 친지라고 했다. 스님께서는 언행이 맑은 수행자들에 대해 가끔 이야기해주셨다. 이를테면 해제 때 선객들이 벗어놓고 간 양말이나 러닝셔츠를 빨아 다리 밑에 사는 넝마주이들에게 갖다주는 스님, 못 자국 하나 없는 빈방에서 차를 마시는 스님, 드라이버를 지니고 다니면서 버스 안 기기들의 느슨해진 나사를 조여주는 스님, 신도들에게 신세지기 싫다고 도시락을 싸와 공원에서 식사하는 스님, 산길을 넓힌다고 함부로 나무를 베지 않는 스님 등을 좋아하셨다. 한마디로 수행자다운 수행자를 칭찬하고 가까이하셨다.

　반면에 신도라도 육식을 즐기는 사람은 멀리하셨다. 고기를 먹는 것은 죽어간 짐승의 원망까지 먹는 것과 같다고 말씀하셨다. 내가 남도 산중으로 내려와 자연스럽게 채식주의자가 됐다고 말씀드렸더니 아주 좋은 변화라며 반기셨다. 그러면서 스님께서는 젊은 날 존경했던 분이 흰 수염을 날린 채 불고기 뜯는 모습을 본 뒤로는 저절로 멀어졌다고 술회하셨다. 그리고 보면 사람들한테도 알게 모르게 동류항의 질서가 있는 것 같다.

혼밥과 혼차

법정스님은 나보다 먼저 운전을 배우셨다. 산중에서 장을 보거나 먼 바람을 쐬려면 스스로 운전하여 가시는 것이 편했기 때문이었다. 어느 가을날인가는 나를 송광사에서 광주버스터미널까지 스님의 소형 승용차로 태워주셨다. 클래식음악카페인 '베토벤'에 학생들 학비를 전해주러 가시는 길인 듯싶었다. 스님이 학비를 '베토벤' 주인에게 맡겨놓으면 학생들이 알아서 찾아갔다. 학생의 자존심을 세워주려는 스님의 배려였다.

요즘은 장학금이나 희사금을 내놓고 촌극을 벌이는 일이 많다. 돈의 액수를 아라비아숫자로 크게 쓴 피켓을 들고 촬영한 사진들이 신문에 버젓이 실리고 있는 것이다. 스님들의 희사인 경우 더 민망하다. 신도들에게는 상을 내지 말라고 당부하면서 정작 가사를 입은 분들이 상을 내고 있으니 말이다.

그날 스님께서는 승용차 안에서 시디를 한 장 뽑으시더니 광주버스 터미널에 가는 동안에 조지 윈스턴의 〈디셈버〉를 들려주셨다. 혼자 듣기에 좋은 피아노 연주곡이었다. 승용차가 광주 부근의 어느 주유소에서 멈추었을 때 스님께서는 아예 〈디셈버〉 앨범을 나에게 선물하시면서, 암자에서 혼자 밥을 먹을 때마다 "주유소에서 승용차에 기름을 넣는 것 같은 기분이 든다"고 말씀하셨다.

스님 특유의 탁월한 비유였다. 수행자가 혼자 밥을 먹는 것이나 승용차에 기름을 넣는 것이나 비슷하기 때문이다. 승용차를 움직이고자 기름을 넣듯 수행자도 수행하고자 밥을 먹지 않는가. 혀를 위한 식탐은 수행자의 식사법이 아닐 터. 혼자 밥 먹는 것을 시쳇말로 '혼밥'이라고 하는 모양이다. 그러고 보면 '혼밥'의 원조는 암자에 독거하는 스님의 무덤덤한 식사가 아닐까? 차도 마찬가지다. 수행자들은 차도 혼자 마시곤 한다. 그럴 때의 차는 '혼차'이리라. 법정스님은 혼자 마시는 차의 '적적한 맛'이 최고의 맛이라고 말씀하신 적이 있다. 그리고 가끔 다산 정약용의 〈독소〉, 즉 '홀로 웃다'라는 시를 애송하셨다.

양식 많은 집은 자식이 귀하고
자식 많은 집은 배고픔이 있으며
높은 벼슬아치는 반드시 어리석고
재주 있는 사람은 재주 펼 길 없다.
완전한 복을 갖춘 집 드물고

수행자들은 차도 혼자 마시곤 한다.
법정스님은 혼자 마시는 차의 '적적한 맛'이
최고의 맛이라고 말씀하셨다.

지극한 도는 쇠퇴하기 마련이며
아비가 절약하면 아들은 방탕하고
아내가 지혜로우면 남편은 푼수이다.

보름달 뜨면 구름이 자주 끼고
꽃이 활짝 피면 바람이 불어댄다.
세상일이란 모두 이런 거지
나 홀로 웃는 까닭 아는 이 없을걸.

　이왕에 혼밥과 혼차란 말이 있으니 이 시의 제목을 혼소라고 번역
하면 어떨까 싶다.

세 권의 책

법정스님께서 내게 권하신 책이 세 권 있었다. 첫 번째 책은 『어린 왕자』. 생텍쥐페리의 『어린 왕자』는 법정스님께서 '영혼의 모음'이란 제목으로 어린 왕자에게 띄우는 편지를 쓰실 정도로 가까이하셨던 책이다. 스님은 『어린 왕자』를 스무 번도 더 읽어 책장을 훌훌 넘기기만 해도 그 세계가 넘겨다보였다고 말씀하셨다.

예전에 나는 『어린 왕자』가, 여섯 개의 별나라 여행을 통해서 현대인의 비인간화를 고발한 동화라고만 생각했는데, 최근에 내재율의 울림이 큰 철학적 장시라는 느낌을 받았다. 아래 글은 법정스님이 어린 왕자에게 띄우는 편지글의 일부이다.

'그저 괜히 창문을 열 때가 있다. 밤하늘을 쳐다보며 귀를 기울인다. 방울처럼 울려올 네 웃음소리를 듣기 위해. 그리고 혼자서 웃음을 머금는다. 이런 나를 곁에서 이상히 여긴다면, 네가 가르쳐준 대로 나는 이렇게 말하리라. "별들을 보고 있으면 난 언제든지 웃음이 나네." 사막이 아름다운 건 어디엔가 샘물이 고여 있어서 그렇듯이.'

두 번째 책은 문명을 버리고 자연으로 귀의한 헨리 데이비드 소로의 『숲 속의 생』. 이 책은 『월든』이란 또 다른 제목으로 널리 알려져 있고, 최근에 이르기까지 다양한 한글판본이 쏟아져 나올 정도로 수많은 독자들에게 사랑받는 스테디셀러이다. 소로가 1845년 여름부터 1847년 초가을까지 2년 남짓 매사추세츠 주 콩코드 근교의 월든 호숫가에서 지낸 생활을 기록한 이 책을 스님이 처음 접했을 그 당시에는 한글판본이 존재하지 않았다.

일본어판을 소장하고 계시던 스님께서는 어느 날 내게 샘터사에서 이 책의 한글판을 출판할 수 없냐고 문의하셨다. 말하자면 『숲 속의 생』을 발간해보라고 당부하신 것이었다. 소로의 영어를 번역한 일본어판을 다시 번역하는 책이므로 중역을 출판하는 셈. 그리고 이후, 중

"별들을 보고 있으면
난 언제든지 웃음이 나네."

역이 얼마나 위험한 번역인지 알게 되었다. 이호중 화가에게 표지화를 의뢰해 정성 들여 편집했으나 내용이 문제였던 것이다. 영어 원본과 차이가 많이 났고 독자의 항의편지가 날아왔다. 부끄러웠다. 그리하여 편집회의 끝에 책을 절판시켰다.

세 번째로 권유하신 책은 민족사학자 단재 신채호의 작품들을 집대성한 『신채호 전집』. 1880년생인 신채호 선생은 구한말 독립협회에서 활동했고, 각종 사설들을 집필하고 상하이임시정부 수립에 참여하는 등, 국권회복과 민족의식 고취를 위해 평생을 바친 사학자이다. 최근에는 한 학회에서 북한이 소장한 방대한 미공개 유고를 포함해 남북이 공동으로 신채호 선생의 전집을 편찬해야 한다는 주장이 제기되었다는 소식도 들은 적이 있다.

어느 날엔가 스님께서 당신이 소장하고 있던 『신채호 전집』을 미국으로 떠나는 지묵스님에게 주어버렸다고 말씀하셨다. 그러면서 지묵

스님에게 "어머니가 문둥이래도 버려서는 안 되듯, 내 나라가 아무리 썩고 잘못됐다 하더라도 잊어서는 안 된다"고 당부했다는 이야기를 들려주셨다. 나는 십여 년 뒤 『신채호 평전』을 구해 읽는 중에, 선생이 이순신 전기를 한말의 민족지 《대한매일신보》에 연재했다는 사실을 알고 깜짝 놀랐다. 나 역시 『이순신의 7년』이란 대하소설을 집필하고 있기 때문이었다.

절은 절하는 곳이다

법정스님은 오입보다 더 무서운 것이 '사입'이라고 말씀하셨다. 사전에 없는 단어인 사입은 광신적으로 절에 다니는 것을 뜻한다. 제정신으로 살자는 것이 신앙생활의 기본인데, 가정생활을 다 팽개치고 절에 미쳐 다닌다면 잘못된 것이라고 스님은 말씀하셨다.

스님은 절집 안에서 벌어지는 잘못된 행태도 결코 방관하지 않으셨다. 특히 절 안에서 버젓이 벌이고 있는 상행위를 못마땅해하셨다. 길상사 경내에 구내서점을 운영해 궁한 절 살림을 개선하자는 대중의 건의도 스님은 일언지하에 거절하셨다. 구내서점을 연다면 스님 책들도 진열될 텐데 책장사 하려고 길상사를 개원한 것이 아니라며 그러셨다. 당시 어렵게 주지 소임을 맡아보았던 C스님이 내게 이 일화를 들려주어 알게 되었다. 상행위에 대한 우려가 지나치시다 여겨질지 몰라도, 허물 한 점도 용납하시지 않으려는 것이 법정스님의 가풍이었다.

절은 나를 낮추는 하심의 수행,
나를 비우는 참회의 수행이다.

요즘 큰 절에 가보면 기념품 상점이 유행처럼 번져 있다. 절 안에까지 시세가 위력을 발휘하는 배금주의의 그림자가 어른거리고 있다. 안내소나 종무소 앞에는 불단에 올릴 쌀은 얼마, 초는 얼마, 아직 짓지도 않은 전각의 대들보는 얼마, 기둥은 얼마, 서까래는 얼마, 기왓장은 얼마 하고 가격표가 붙어 있는데 법정스님이 보았다면 어찌하셨을지 짐작이 간다. 아마도 씁쓸한 표정으로 혀를 끌끌 차셨을 것이다.

『허삼관 매혈기』를 발표하여 우리에게도 친숙한 중국의 소설가 위화가 한국의 수덕사를 방문한 자리에서 우리 절과 중국 절을 비교한 적이 있다.

"한국의 절은 관광객이 많지만 조용합니다. 중국 절은 돈이 많은데도 절에서 초나 향을 비싸게 팝니다. 중국의 절은 규모가 크고 스님들이 많아서 마치 회사가 사업이라도 하는 느낌인데 한국 사찰은 다릅니다."

중국 절의 상업주의, 즉 종교장사를 비난한 말인데 우리 절의 속은 모른 채 겉만 보고 말한 것 같아, 동의할 사람이 그다지 많지는 않을 듯하다. 과연 절이 종교장사나 하는 곳일까? 그것은 아니리라.

『암자로 가는 길』세 권을 집필한 작가로서 나만큼 암자를 많이 기행한 사람도 드물 것이다. 법정스님은 D일보 인터뷰에서 『암자로 가는 길』을 지금 읽고 있다며 추천하신 적이 있다. 우리나라 암자 4백여 군데를 기행한 뒤 마음에 여운을 남긴 곳들을 선정해 쓴 책이다. 그런 암자 기행 중에 내가 깨달은 것이 있다면 '절은 절하는 곳이다'라는 뻔

한 사실이다.

절은 기복이나 단순한 굴신운동이 아니라 나를 낮추는 하심의 수행, 나를 비우는 참회의 수행이라는 생각이 든다. 절을 하다 보면 온갖 잡념들은 사라지고 오롯이 절하는 본래의 나만 남아 있는 것이다.

고승의 소선

사람들에게 어떤 분이 고승이냐고 물으면 대부분 두루뭉술하게 '도가 높은 분'이라고 말한다. 또 불교를 조금 아는 사람은 '천신만고 끝에 화두를 깨친 분'이라고 대답한다. 그래도 여기까지는 들어줄 만하다. 신비주의적으로 빠지는 경우도 있어, 고승이란 '사람의 과거와 미래를 다 보는 분'이라고 주장한다. 부처님께서야 과거를 보는 숙명통, 미래를 보는 천안통을 얻은 분이지만, 과연 그러한 경지까지 간 고승이 정말로 있을까 싶다. 없다고 단정할 수는 없겠지만 아쉽게도 나는 그런 분을 아직 만나지 못했다.

　길상사의 전신이었던 고급요정 대원각을 법정스님께 시주한 김영한 여사가 생각한 고승은 좀 색다르다. 여사가 판단한 고승의 조건은 아주 소박했다. 『무소유』를 읽고 감동한 김영한 여사가 미국에서 법정스님을 만난 이야기는 생략하겠다. 인과 연, 즉 필요조건이 충족되었으므로 만났던 것이기에.

그런데 시주도 시절인연이 도래해야 했다. 여사는 법정스님에게 1천억 원대의 대원각을 시주하려고 했지만 처음에는 뜻을 이루지 못했다. 스님이 받지 않겠다고 거절했기 때문이었다. 그래서 여사는 시주받을 만한 고승을 찾아서 2년 동안 전국을 돌아다녔다. 고승을 시봉하는 상좌들은 여사를 환영했다.

뿐만 아니라 여사가 요구하는 최소한의 조건에다가 여사가 흥미를 느낄 만한 제안을 했다. 여사 이름을 딴 장학재단까지 만들어 시주자의 공덕을 기리겠다고 했으며, 또 어떤 고승의 상좌는 대원각을 절로 조성한 뒤, 한 건물의 현판에 여사 법명을 새겨 넣어 신도들에게 알리겠다고 제안했다. 그런가 하면 또 어떤 고승의 상좌는 사찰 안에 가게를 만들어 여사의 남은 가족이 생계를 걱정하지 않아도 되게끔 돌보겠다고 약속했다.

그러나 여사는 어느 제안도 받아들이지 않았다. 『무소유』를 읽고 감동하여 발심한 자신의 소원은 대원각이 '무소유 도량'으로 개원하기를 바랐기 때문이었다. 2년 동안 전국의 사찰을 순례한 여사는 어떤 제안도 자신의 소망과 달랐으므로, 자신이 생각하는 고승을 만나지 못했기 때문에 원점으로 돌아왔다. 결국 법정스님에게 아무런 단서 없이 보시하기로 발원했다. 여사가 생각한 고승의 조건은 '무소유 삶'으로 세상을 맑고 향기롭게 하는 스님이었던 것이다. 자신의 재산을 받아줄 스님을 기어코 찾아낸 여사의 내공도 녹록지 않은 것 같다.

사과나무는 인이고, 사과밭은 연이다.
같은 사과 씨라도 평평한 밭과 비탈진 밭에서 자란
사과나무의 사과는 모양이 다르다.

내 나이 서른 살쯤에, 김천 직지사에 주석하시던 관응 노스님을 뵌 적이 있다. 그때 스님께서 무슨 말씀 끝에 인(因)과 연(緣)에 대해 설명해주셨는데 아직까지도 그 이야기가 잊히지 않는다. 사과나무는 인이고, 사과밭은 연이라고 하셨다. 같은 사과 씨라도 평평한 밭과 비탈진 밭에서 자란 사과나무의 사과는 모양이 다르다고 강조하셨다. 밭에 따라 사과 모양이 달라진다는 것. 인은 직접적인 원인이고 연은 간접적인 원인이라는 말씀이었다.

너무나 인간직인 축사

사람의 말에서 아름다움을 느낀 적이 있다. 참으로 인간적인 사람이 되면 말도 더불어 인간적인 말이 된다는 사실을 그때 깨달았다.

길상사가 개원하는 날이었다. 조계종 총무원장 스님이 오시고, 덕 높은 여러 스님들이 오셨다. 극락전 앞에 단이 마련되었고, 단 좌우로는 자칭 타칭 내외귀빈들이 앉았다. 나는 마당에 놓인 플라스틱 의자에도 앉지 못하고 극락전 마당 끝에서 까치발을 한 채 단상을 주시했다.

총무원장 스님은 불교가 한반도에 전래된 과정을 길게 이야기한 뒤 길상사의 개원을 격려하는 축사를 웅변조로 이어갔다. 한두 분의 축사가 더 이어지자 단하의 사람들이 좀 지루해하는 분위기였다. 이윽고 고급요정 대원각을 아무 조건 없이 시주하여 길상사를 개원하게 한 김영한 여사가 연단에 올랐다.

한복을 입은 여사의 체구는 작았다. 여사의 입에서 무슨 말이 나올

"귀한 인연으로 이 터에 절이 들어서고
마음속에 부처를 모시게 돼서 한없이 기쁩니다.
제 소원은 여인들이 옷을 갈아입었던 저 팔각정에
종을 달아 힘껏 쳐보는 것입니다."

까 하고 귀를 기울였다. 여사의 목소리는 그다지 크지 않았다. 대중 앞에서 말하는 것이 서툰 듯했다. 어쩌면 부끄러워서 그런 듯도 했다. 그러나 내 귀에는 여사의 목소리가 분명하게 들렸다. 불교를 모른다고 고백하는 말이 아름답게 들렸다. 전율이 등을 타고 흘렀다.

"저는 배운 것이 많지 않고 죄가 많아 아무 드릴 말씀이 없습니다. 불교에 대해서는 더더구나 아무것도 모릅니다. 하지만 말년에 귀한 인연으로 제가 일군 이 터에 절이 들어서고 마음속에 부처를 모시게 돼서 한없이 기쁩니다. 제 소원은 여인들이 옷을 갈아입었던 저 팔각정에 종을 달아 힘껏 쳐보는 것입니다."

그녀의 말은 단 네 문장이었다. '나는 죄가 많다. 나는 불교를 모른다. 나는 부처를 모시게 되어 기쁘다. 나는 힘껏 종을 치고 싶다.' 경내를 가득 메운 수천 명의 가슴을 적셨던 여사의 자기고백과 원이었다. 그때 법정스님께서는 여사의 목에 염주를 걸어주셨다. 그리고 '길상화'라는 법명을 주셨다. 스님이 여사에게 보답한 것은 그뿐이었다. 길상사가 개원한 뒤 한번은 어떤 사람이 여사에게 "천억 원대의 재산을 기부한 것이 아깝지 않습니까?"라고 묻자 그녀는 "내 재산은 그 사람 백석의 시 한 줄만도 못합니다"라고 대답했다고 한다.

개원법회 날로부터 2년 뒤, 여사가 길상사를 찾아와 "나 죽으면 화장해서 눈 내리는 날 경내에 뿌려주세요"라고 유언하고는 다음날 눈을 감았다는 이야기를, 당시 주지였던 C스님에게서 들었던 것이 지금까지도 생생하다. C스님은 여사의 소원대로 팔각정에 종을 달아 범종각을 만들었고, 눈 내린 날 여사의 유언대로 뼛가루를 경내 뜰에 뿌려 주었다고 덧붙였다.

시인 백석의 연인이기도 했던 길상화 보살이 여창가곡과 궁중무 등 가무의 명인으로 이름을 떨쳤던 것은 일제강점기 때였다. 그래서 죄가 많다고 했을까? 그래서 종을 달아 힘껏 쳐보고 싶다고 했을까? 길상화 보살이야말로 한번 주어진 인생을 참으로 자기답게 살고 자기답게 죽은 분이 아닐까 싶다.

후회스러운 선물

서울생활을 청산하고 낙향한 지 24년째다. 산중생활의 호사 중 하나는 밤하늘에 뜬 별을 볼 수 있다는 점이 아닐까 싶다. 별도 계절에 따라 그 모습이 다르다. 봄밤의 별은 오순도순 따뜻하다. 여름밤의 별은 물소리처럼 돌돌돌 소리가 나는 듯하다. 가을밤의 별은 산짐승의 맑은 눈처럼 또록또록하다. 겨울밤의 별은 찬바람, 기러기 울음소리에도 파르르 떠는 듯하다. 이처럼 별의 모습은 계절에 따라 다른 느낌이나 어느 계절의 별이든 별은 아름답다.

별을 보고 깨달은 것이 하나 있다. '밤하늘이 왜 아름다운가?'이다. 샛별을 보시고 위없는 깨달음을 얻으신 부처님과 비교할 바는 아니지만, 나대로 '아!' 하고 무릎을 쳤던 적이 있다. 밤하늘이 아름다운 까닭은 크고 작은, 밝고 희미한 별들이 모두 제자리에서 반짝이기 때문이라는 사실을 깨달았던 것이다. 아름다움이란 제자리에서 자기 몫을 다

하는 그 자체가 아닐까? 그럴 때의 실존은 아름답지 않을 수 없다.

어느 날 인사동 골동품 가게를 지나다가 가야토기를 두 점 구입했다. 월급봉투를 털어 샀기 때문에 아내에게 한 소리를 들었다. 마음에 들면 한 점만 사야지 왜 두 점을 샀느냐는 잔소리였다. 내가 두 점을 산 까닭은 법정스님께 선물하기 위해서였다. 평소에 스님이 화려하고 번지르르한 그릇보다 꾸밈없는 질박한 그릇을 더 좋아하신다는 것을 알고 있었기 때문이었다.

나는 날을 잡아 불일암에 가기 위해 설레는 맘으로 서울역에서 기차를 탔다. 가야토기가 깨질세라 비닐을 몇 겹으로 둘둘 말아 박스에 넣어 들고 갔다. 불일암에 도착하여 차방에 들어가 인사를 드리고 난 뒤 박스를 열고 비닐을 풀었다.

"인사동을 지나다가 가야토기가 마음에 들어 사 왔습니다."

스님의 표정은 시큰둥했다. 곧 가야토기가 그 자태를 드러냈을 때도 스님은 엉뚱한 말씀을 하셨다.

"토기는 다 무덤에서 나온다던데?"

"신분이 높은 사람의 무덤에서만 나온다고 합니다."

스님께서 고개를 저으며 한 말씀 하셨다. 물건은 제자리에 있어야 빛이 나는 법이라며 토기도 무덤에 있어야 제 가치를 발휘한다고 충고하셨다. 나는 다시 가지고 돌아가라는 말씀인 줄 알고 당황했다. 그러자 스님이 나를 안심시켰다.

"가지고 온 것이니 놓고 가세요."

아름다움이란 제자리에서
자기 몫을 다하는 그 자체가 아닐까?

차를 마시며 스님께서 한마디 덧붙이셨다. 요즘 도회지 찻집을 가보면 문짝이 장식용으로 벽에 걸려 있는데, 이렇게 가다가는 요강이 천장에 붙어 있을 날이 올지 모르겠다며 쓸쓸해하셨다. 그러고 보니 물건들이 제자리에 있지 못한 것은 비정상이었다. 물건을 만든 사람들에 대한 예의가 아닐 듯했다. 내가 가져온 토기도 원래의 자리로 돌아가야 할 것 같았다. 망자의 것이지 내 소유가 아니라는 자책이 들었다. 선물을 하고 후회해보기는 처음이었다.

법정스님 찻산

스님을 뵌 지 20년이 넘도록 스님께서는 내게 무엇을 해달라고 말씀하신 적이 단 한 번도 없었다. 강원도 오두막에 사실 때는 스님의 건강이 염려되어 휴대폰을 구해드리려고 했지만 거절하셨다. 스님은 강원도에서 서울로 오실 때마다 주로 길상사에서 손님을 맞았다. 그런 뒤 보원요 김기철 선생 댁을 들렀다 가시곤 했다.

김기철 선생은 법정스님께서 좋아하시는 도예가이자 내 아내의 스승이다. 스님은 나를 만나면 "요즘은 보살이 운전을 잘하는가?" 하고 묻곤 하셨다. 출가 전 여동생에게 잘해주지 못한 미안함이 있어서인지 여성들에게 사뭇 애틋하셨다. 여성단체의 소식지에서 원고를 청탁하면 거절하지 못하시는 것도 그런 까닭인 듯했다. 샘터사에서 발행하는 《엄마랑 아기랑》에 주신 글도 마찬가지였다. 읽은 지 오래되어 잘 기억나지 않지만 '과일을 잘 깎는 여성이 살림도 살뜰하게 잘할 것이다'

찻잔입술이 있는 까닭은
차를 천천히 마셔야 하기 때문이다.

라는 내용의 글이었던 것 같다.

스님께 인사드리러 길상사에 갈 때는 주로 나 혼자였는데 그날은 아내와 동행했다. 아내와 함께 한번 스님을 찾아뵙는 것이 예의일 것 같아서였다. 길상사 행지실에서 차담을 나눌 때는 길상사 주지스님이 항상 차를 우려내는 팽주가 되었다. 스님께서 웃으시면서 갑자기 아내를 놀라게 하는 질문을 건네셨다.

"무량광보살이 만든 다기를 왜 나한테 가져오지 않지요?"

"예, 다음번에 올 때 반드시 준비해오겠습니다."

아내는 얼떨결에 다기를 가져오겠다고 약속했다. '무량광'은 스님께서 지어주신 법명이었다. 내가 무염이니 무 자 돌림으로 짓겠다고 무량광으로 지어주셨다. 아내가 집에 돌아와 말했다.

"사실은 진즉 스님께 드리고 싶었지만 차마 내놓을 용기가 나지 않았어요."

약속했으니 되돌릴 수는 없었다. 아내는 다관 한 개와 찻잔 다섯 개, 수구 한 개를 세트로 맞추어 포장지에 싸둔 뒤, 얼마 후 스님께 갖다드렸다. 아내의 도자기는 김기철 선생 풍으로 찻잔 이름은 '법정스님 찻잔'이었다. 김기철 선생이 스님의 조언을 받아들여 만든 찻잔 형태이기에 그렇게 이름 붙였다. 어떤 스님은 아내의 찻잔을 보고 술잔과 무엇이 다른지 설명해주었다. 찻잔입술이 있는 까닭은 차를 천천히 마셔야 하기 때문. 술은 입안에 털어 넣듯 마시므로 굳이 술잔입술이 필요 없다는 것. 수긍이 가는 설명이었다.

스님이 입적하신 뒤에 길상사를 다녀온 사람이 아내의 다기가 스님의 유품에 포함되어 있더라고 전해주었다. 아내는, 지금 만든 다기라면 더 좋아하셨을 텐데 하고 아쉬워했다. 정성을 다하면 선심초심(禪心初心)이듯 진실한 마음이 찻잔에 무심코 담기는 것이 아닐까 싶다.

우연은 없다

며칠 전에 둘째딸아이에게 법정스님의 뒷모습을 그려보라고 했다. 둘째 딸아이는 영국에서 일러스트를 공부하고 돌아온 뒤, 나와 세 권의 책을 만든 일러스트레이터. 두 권은 그림동화책이고 한 권은 짧은 산문을 모은 책이었다. 모두 불교적인 글인데 딸은 적성에 맞는지 별 불평이 없었다. 결코 우연한 일이 아닐 것이다. 세상에 우연이란 없다고 믿는다. 필연이 가끔 우연으로 가장해 나타날 뿐이다.

둘째딸아이가 접한 최초의 스님은 법정스님이다. 1988년 여름이었다. 휴가를 낸 나는 가족과 함께 불일암을 방문했다. 첫째딸아이가 여섯 살, 둘째딸아이가 다섯 살이었다. 불일암에 도착한 아내는 안절부절못했다. 두 딸아이가 불일암이 놀이터로 보였던지 제 세상을 만난 것처럼 천방지축 뛰어다녔던 것이다. 스님 침대 위로 올라가 쿵쿵 뛰다가도 파초 잎 그늘에서 흙장난을 했다.

아내는 반듯하게 놓인 불일암의 것들이 흐트러질까 봐 애를 태웠다. 나 역시 스님의 깔끔한 성정을 잘 알고 있었으므로 불안하기는 마찬가지였다. 어느 해 여름날 미국 LA에서 왔다는 여기자가 민소매 차림으로 자유분방하게 차방에 들어오자, 스님이 퇴실을 지시했는데 옆에 있던 내가 민망할 정도였다.

"절에 왔으면 예절을 지키세요. 여기는 미국이 아니에요."

그만큼 스님은 예의를 지키지 않는 성인들에게 엄격했다. 그러나 두 딸아이에게는 면책특권을 주셨다. 미소를 띤 채 골방으로 들어가시더니 무언가를 가져오셨다. 그러고는 미리 보관해둔 사탕과 초콜릿을 두 딸아이에게 건네시면서 "콩 한 쪽이라도 서로 나눠 먹을 줄 알아야 한다"라고 더 기를 살려주었다. 두 딸아이는 불일암 뙤약볕 아래 얼굴이 사과처럼 발개지도록 의기양양하게 놀았다.

스님의 딸아이에 대한 사랑과 관심은 이후에도 계속되었다. 스님이 서울에 오시거나 내가 불일암으로 가면 꼭 "아이가 몇 학년이 됐소?"라며 두 딸아이에 대해 먼저 물어보시고 나서 본론으로 들어갔다. 한번은 서울에 오셨을 때 교보문고에 가자고 하시더니 두 딸아이의 일기장을 사주셨다. 보통 문방구점에서는 살 수 없는 천 커버가 씌워진 일기장이었다. 두 딸아이가 더 성장해서는 내가 먼저 "큰아이는 미국으로 공부하러 갔습니다", "작은아이는 영국으로 공부하러 갔습니다"라고 보고했다.

둘째딸아이가 영국에서 돌아왔을 때 나는 딸아이의 짐 속에서 책

세상에 우연이란 없다.
필연이 가끔 우연으로 가장해 나타날 뿐이다.

한 권을 발견하고는 놀랐다. 『산에는 꽃이 피네』라는 스님의 책이었는데, 면지에 '윤경에게, 법정'이라는 스님의 친필서명이 적혀 있었다. 둘째딸아이는, 영국에서 처음 생활하면서 우울할 때마다 깊은 위로를 주었던 책이었다고 말했다. 스님의 덕화가 아닐 수 없었다. 둘째딸아이가 불교적인 그림동화책 작업을 하는 것도 결코 우연이 아니라는 생각이 든다. 일찍이 법정스님께서 묻으신 씨앗 하나가 이제 발아한 것이 아닌가 싶다.

스님은 새벽에 일어나 혼자 예불하고, 채마밭을 가꾸고,
좌선하고, 차를 마시고, 선어록 같은 책을 읽고, 해제 때는 만행하는 등
보통 스님의 일상을 조금도 벗어난 적이 없었다.

3부

법정스님처럼

이불재 겨울

행운을 부르는 행동을 두고 발복(發福)한다고 한다.

반대로 복을 까먹는 행동을 두고 복감(福減)한다고 한다.

지금 이 순간도 나는 발복과 복감의 갈림길에 서 있다.

몸을 움직이지 않고 입을 닫고 있어도 소용없는 일이다.

허튼 생각 하나만 해도 그것은 복감이다.

그러니 인생이란 살얼음판 위에 서 있는 것과 다를 바 없다.

연통과 소통

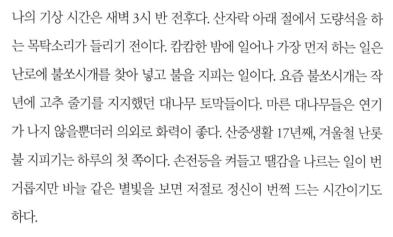

나의 기상 시간은 새벽 3시 반 전후다. 산자락 아래 절에서 도량석을 하는 목탁소리가 들리기 전이다. 캄캄한 밤에 일어나 가장 먼저 하는 일은 난로에 불쏘시개를 찾아 넣고 불을 지피는 일이다. 요즘 불쏘시개는 작년에 고추 줄기를 지지했던 대나무 토막들이다. 마른 대나무들은 연기가 나지 않을뿐더러 의외로 화력이 좋다. 산중생활 17년째, 겨울철 난롯불 지피기는 하루의 첫 쪽이다. 손전등을 켜들고 땔감을 나르는 일이 번거롭지만 바늘 같은 별빛을 보면 저절로 정신이 번쩍 드는 시간이기도 하다.

내가 사는 산중은 찬바람의 왕래가 잦아 평지인 읍내보다 기온이 4도쯤 낮다. 단열이 시원찮은 산방의 방 온도는 제각각이다. 방금 전에 확인한 온도이다. 골방은 11도, 난로가 가까이 있는 거실 겸 차 마시는 다실은 18도, 서재는 16도이다. 다리 뻗고 잠자는 침실은 눈 붙이고 잘

만하니 17도쯤 될 것이다. 뉴스의 주인공들이 들락거리는 구치소 온도는 얼마쯤인지 가본 적이 없으므로 잘 모르겠다.

산방 안이 영하로 내려가지 않는 까닭은 화목난로 덕분이다. 다행히 산중 오지라서 땔감은 수월하게 구할 수 있는 편이다. 달포 전에도 김 노인과 함께 썩어가는 나뭇가지를 난로용 화목 크기로 톱질해 두 달분을 비축해놓은 바 있다. 절약하면 3월까지는 화목 걱정은 안 해도 될 것 같다. 난로 연통 청소도 며칠 전에 했으니 눈보라가 사납게 몰아쳐도 불을 피우고 사는 데는 지장이 없을 것이다.

이처럼 겨울철 산중생활의 첫째 덕목은 진부한 표현이지만 유비무환이다. 준비를 잘하면 생고생하지 않는다는 만고의 진리가 아닐까 싶다. 초기 불경인 『숫타니파타』에 목동이 우기를 맞이하여 부처에게 '제 움막은 이엉이 덮였으니 신이여, 비를 뿌리려거든 비를 뿌리소서'라 말한 구절도 새삼 절절하게 떠오른다. 이순신 장군이 육지가 아닌 강 초입에서 사변을 막아야 한다고 한 강구대변(江口待變)이란 방비계책도 같은 의미가 아니겠는가.

한겨울의 이불재 새벽추위는 뼛속을 찌른다.

그렇다고 내가 『숫타니파타』의 목동이나 이순신처럼 잘살고 있다는 것은 아니다. 오히려 그 빈대로 준비성이 부족한 이가 바로 나다. 멀리 갈 것 없이 난로의 연통 청소만 해도 그렇다. 3년 전에는 읍내에서 연통 설치 기술자를 불러 청소했고, 2년 전에는 손재주가 뛰어난 산중 마을 이장을 불러 연통 안의 검댕을 말끔하게 제거했는데, 작년 입동 무렵에는 무심코 건너뛰었다. 아내가 연통 청소를 하자고 했을 때 나는 2년 동안 했으니 괜찮다고 무시했던 것이다. 나의 그런 태도가 화근이 됐다.

　며칠 전 꼭두새벽이었다. 난로에 불쏘시개와 화목을 넣고 불을 지피는데 연기만 풀풀 났다. 전기 흡출기를 돌려 겨우 불을 살렸지만 이번에는 연통이 열을 받아 발갛게 달아올랐다. 연통을 설치한 지 10년 만에 연통 마디가 붉어지기는 처음 있는 일이었다. 나는 놀라서 일단 난로의 잔불부터 껐다. 연재 원고 집필도 뒤로 미루었다. 뼛속을 찌르는 것 같은 한겨울의 매운 맛을 실감했다. 아침에 지인 두 사람을 급히 불러 연통 청소를 하면서야 그 원인을 알았다. 석탄처럼 고체화된 검댕에 불이 붙어 연통이 달궈진 것이었다. 입동 무렵 전후로 미리 연통을 청소했어야 했는데 방관했다가 영하의 날씨에 덜덜 떨었던 셈이다. 검댕이 연통 속에 차츰 쌓여 연기가 빠져나가지 못할 뿐만 아니라 화재의 원인이 될 수도 있다는 사실을 이번에야 깨달았다. 연통은 연기와 검댕을 밖으로 내보내는 소통의 통로인 것이다. 불통(不通)이 얼마나 위험한 것인지 아찔하게 실감한 순간이었다. 추위에 떨었던 것은 물론이고 내 산방마저 태워버릴 뻔했으니 말이다.

광화문광장에서 외친 시민들의 소리도 마찬가지라고 본다. 불통이 지속되다 보면 뜻밖의 상황이 우리를 더 놀라게 할 수도 있다. 권력을 사적으로 남용하는 이야말로 소통을 막는 연통 속의 검댕 같은 존재가 아닐까. 막힌 연통을 보고 느낀 자각이다. 만약 소통을 가로막는 장애가 있다면 청소는 빠를수록 좋지 않을까 싶다.

무소유 길

지난 금요일에 목포를 다녀왔다. 서해안 지역에 눈이 내릴 거라는 예보가 있어 은근히 걱정했는데 다행히 승용차가 다니지 못할 정도는 아니었다. 목포시 주관의 북 콘서트 행사는 오후에 시작할 예정이었지만 담당공무원은 아침 일찍 전화를 주었다. 눈이 제법 와 있으니 여유롭게 출발해달라는 부탁의 전화였다. 내가 사는 산중에서 목포까지는 승용차로 1시간 20여 분의 거리지만 내 산방과 도시의 날씨 차는 생각과 달랐다. 내 산방 쪽은 눈송이가 나붓나붓 내리다가 말았는데, 목포는 그렇지 않았다. 시가지는 온통 눈을 뒤집어쓰고 있었다.

　나에게 목포는 네 번이나 방문한 정겨운 도시다. 첫 번째는 8년 전에『소설 무소유』를 집필하려고 목포를 거쳐 법정스님이 태어나신 우수영까지 내려갔다. 두 번째는 이순신 장군이 노량해전을 앞두고 수군 재건을 위해 목포 고하도에서 106일 동안 머문 역사가 있는데 그 현장을 답사했다. 물론 고하도 이야기는 나의 대하소설 『이순신의 7년』에 고스란히 담았다. 그리고 세 번째는 박홍률 목포시장님 초청으로 차담을 나눈 뒤 내 산방으로 돌아왔고, 네 번째는 목포에 사는 지인의 권유로 유달산 등 목포의 명소를 둘러보았던 것이다. 이처럼 네 번이나 방문하는 동안 내 눈에는 가수 이난영의 슬픈 〈목포의 눈물〉 너머로 지금까지 드러나지 않았던 목포의 눈부신 역사가 보이기 시작했다.

북 콘서트의 주제는 '임진왜란과 목포의 고하도'였다. 나는 강연 시간 대부분을 정유재란 때 조선수군을 재건했던 고하도의 역사적 사실과 가치에 대해서 이야기했다. 고하도의 역사적 사실이라 하면, 판옥선 40척을 건조하고 군량미 2만 석과 수군의 숫자를 배 이상으로 확보한 것이 노량해전에서 대승을 거둔 이유 중 하나가 되었다는 사실이었고, 내가 생각하는 가치란 고하도만의 임진왜란 역사를 관광자원으로 만든다면 성장 동력으로서 목포가 도약하는 데 활로가 되지 않겠느냐는 나름의 판단이었다.

북 콘서트 강연 서두에 나는 법정스님의 목포 인연도 소개했다. 목포를 오가면서 몇 달 전 목포시 공무원에게 '무소유 길' 조성을 제안해둔 바 있었으므로 북 콘서트 행사장에 온 공무원과 목포 시민들의 이해를 돕기 위해서였다. 시민들 중에서 특히 문화재해설사분들이 눈을 반짝거렸다. 법정스님이 청소년기에 목포에서 살았다는 것을 대부분 모르는 듯했다.

"목포는 저와도 좀 인연이 있습니다. 저의 스승이신 법정스님께서 청소년 시절을 목포에서 보내셨기 때문입니다."

법정스님은 해방이 되사, 해남 우수영에서 목포로 올라와 정꽝중희교와 목포상업고등학교를 다녔고, 한국전쟁 후에는 목포에 교정을 두었던 전남대학교 상대에 입학해 다니시다가 1954년에 출가하셨던 것이다. 그러니 법정스님의 영혼에는 목포의 모든 것들이 간간하게 배어 있다고 해도 과언이 아니었다. 한번은 법정스님께서 내게 〈목포의 눈물〉을 휘파람으로 멋들어지게 불어주시기도 했다. 깐깐한 성철스님께서 〈목포의 눈물〉을 좋아하신다는 것을 알고 비로소 친근함을 갖게 되었다고 술회한 적이 있으니 스님의 목포에 대한 추억을 짐작할 수 있었다.

나는 담당공무원에게 몇 번이나 전남대 상대가 있었던 구 제일여고에서 정광중학교 자리였던 오거리문화센터, 그리고 스님이 불심을 키웠던 유달산 정혜원까지의 거리를 '무소유 길'로 이름 붙여 전 국민들에게 감동을 주었던 스님의 무소유 정신을 되새겨보는 시민운동을 벌이자고 했다. 법정스님은 무소유 정신을 수행자에게는 '나도 없는데 하물며 내 것이 어디 있겠는가?'라고 말씀하셨다. 그리고 보통 사람들을 상대로는 '무소유란 아무것도 갖지 않는 것이 아니라 군더더기를 없애는 것이다'라고 말씀하셨다. 내게도 하신 말씀인데 아무리 좋은 만년필이라도 한 개면 족하지 두 개는 군더더기라는 것이었다.

때마침 어제 오후에 담당공무원으로부터 목포시 문화유산위원회에서 '무소유 길'을 목포시문화유산으로 가결했다는 전화를 받았다. 이제는 관련 시민의 동의 절차만 남았단다. 담당공무원의 노력에 박수를 보내지 않을 수 없다. 목포의 '무소유 길'이 소유의 감옥에서 탈출하지 못하는 현대인들에게 삶의 비상구가 되지 않을까 싶다.

살얼음판 위에 선 인생

산중 농부들은 내 산방인 이불재 일대를 바람단지라고 부른다. 바람이 많은 곳이니 추위도 이르다. 아래 절 연못보다 이불재 연못에 얼음이 더 빨리 언다. 겨울이 되면 평지인 광주보다 4도 정도 낮은 곳이다. 올 들어 처음으로 마당의 돌확에 살얼음이 끼어 있다. 살얼음을 보고 있으려니 세상을 살아가는 일이 살얼음판 위를 걷는 것이 아닌가 여겨진다.

　서재에 들인 화목난로를 이용하는 시기가 정해져 있지는 않지만 돌확에 살얼음이 끼면 나는 김 노인과 화목을 챙기곤 한다. 면소재지 부근 금릉마을에 사는 김 노인은 내 산방의 허드렛일을 도와주시는 분이다. 작년에도 김 노인과 함께 내 산방 앞산, 뒷산에 올라 바람에 넘어진 고목이나 삭정이를 주우러 다녔다. 그런데 다행히도 올해는 굳이 화목을 구하러 다닐 필요가 없게 됐다. 아내의 도예공방 뒤쪽에 이미 쌓아놓은 화목 토막들을 보니 올해는 동장군을 겁내지 않아도 될 것 같다.

올해 화목은 아내의 장작 가마에 들어갈 소나무를 전기톱으로 썰고 나서 남은 토막들인데 1년 이상 건조시켰으므로 화력이 굉장히 좋을 터이다. 거기에다 연기도 나지 않으니 화목난로 땔감으로는 최고이리라. 아내가 장작 가마에 불을 넣을 때마다 잔일을 거들어주었는데 그 보상인지도 모르겠다. 며칠 전에도 장작 가마에 유약을 바른 초벌구이 도자기를 넣고 불을 땠다. 무박 2일이 걸리므로 잔일이라고 하지만 쉽지는 않았다. 가마 온도를 눈대중하며 장작의 양을 조절하는 불대장 옆에서 잔심부름을 하거나 식사 시간에는 내가 직접 가마 불을 때기도 했다.

나는 가마 안 불의 온도가 올라가는 것을 보고 흥미를 느꼈다. 화염에서 홍시 빛깔이 나면 유약을 바른 도자기에 묻었던 검댕과 재가 비로소 사라지는 단계로서 열이 탄력을 받아 올라간다고 한다. 또 홍시 빛에 푸른색이 섞여 이글거리면 유약이 녹고 있다는 증거이고, 마침내 가마 속 불길이 흰 비단 자락처럼 하늘거리면 도자기가 액체와 고체의 경계에서 버티고 있는 것인데, 이쯤에서 예전의 도공들은 가슴 속의 한(恨)이 녹아버리는 카타르시스를 경험했다고 한다. 눈이 부셔서 잠깐밖에 볼 수 없지만 천의무봉인 선녀의 옷자락을 엿본 기분이 들어 그랬을 것 같다.

아내는 도자기 중에서 가장 잘 나온 작품은 절대로 다른 곳으로 내보내지 않는다. 자신의 스승이자 첫 도예전을 열 수 있도록 용기를 준

안국선원 선원장 수불스님께 선물하기 위해서이다. 그런데 매번 가마를 열 때마다 마음에 드는 완벽한 작품이 나오지 않는 것이 문제라고 한다. 안주하지 않는 태도가 도자기를 계속 만들게 하는 동력인지도 모르겠지만.

지금 이 글을 쓰고 있는 동안에 화목난로가 열기를 뿜어내고 있다. 바깥 기둥에 달려 있는 온도계를 보니 3도이다. 서재의 온도는 무려 20도나 된다. 자신의 몸을 태워가며 온기를 전해주는 이타적인 화목이 새삼 고맙다. 화목난로에 나무토막을 넣으면서 밀쳐두었던 신문을 잠시 펼쳐본다. 이기적인 삶을 살다가 영어의 몸이 된 어리석은 지도자의 사진이 보인다. 그런가 하면 어느 샐러리맨이 자신의 선행을 겸손해하는 인터뷰 글이 보인다. 자신이 받는 월급 일부를 떼어 해마다 달동네에 '연탄선물'을 해왔다는 기사이다. 아직도 추위를 걱정하는 가정이 많은 현실이고 보면 그분의 마음이야말로 따뜻한 연탄불 같다. 그러고 보니 화목만 온기를 주는 것이 아니라 선한 사람의 선행도 내게 온기를 주고 있다.

그렇다. 내 생각이지만 우리의 모든 행동은 두 가지로 나뉜다. 행운을 부르는 행동과 불행을 부르는 행동, 오직 두 가지뿐이다. 행운도 아니고 불행도 아닌 그 중간은 없다. 0.001퍼센트만큼이라도 한쪽으로 쏠린다.

불가에서는 행운을 부르는 행동을 두고 발복(發福)한다고 한다. 행운이 꽃처럼 피어난다는 뜻이다. 반대로 복을 까먹는 행동을 두고 복감

㉥(福減)한다고 한다. 복을 더는 행동이니 불행을 자초하는 셈이다. 지금 이 순간도 나는 발복과 복감의 갈림길에 서 있다. 몸을 움직이지 않고 입을 닫고 있어도 소용없는 일이다. 허튼 생각 하나만 해도 그것은 복감이다. 그러니 인생이란 살얼음판 위에 서 있는 것과 다를 바 없다.

사립문과 고드름

부산시 사상구에 거주하는 문화탐방팀 1백여 명이 내 산방을 다녀갔다. 폭설이 내린 뒤끝이라 눈길이 걱정됐지만 버스로 온다고 해서 조금은 안심할 수 있었다. 내 산방에서 5리 일대의 응달은 한번 눈이 내리면 며칠 동안 위험한 빙판길이 되기 때문이었다. 사상구에서 온 문화탐방팀 원들은 계절마다 전국을 답사하는 모양인데, 이 또한 우리 선조들의 멋이었던 풍류(風流)가 아닐까 싶다. 걸림 없는 바람의 흐름처럼 뜻 맞는 사람끼리 가고 싶은 명산명소를 찾아다니는 답사도 우리의 문화전통인 것이다. 문화탐방팀 손님들이 내 산방을 보고 가장 흥미를 느낀 것은 사립문이었다. 사람들은 사립문 앞에서 기념사진부터 찍었다. 어린 시절에 보았던 대나무문을 떠올리는 듯했다.

추억을 되새기게 해주는 것은 아무리 하찮은 물건이라도 그 자체로 가치가 있지 않을까? 그래서 나는 3년마다 썩은 대나무와 지지대를

추억을 되새기게 해주는 것은 그 자체로 가치가 있다.

바꾸어왔지만 아직까지도 사립문을 떼지 않고 있다. 사립문을 새로 교체할 때마다 그 번거로움이란 정말 머리를 무겁게 한다. 대나무는 누런빛을 띠는 묵은 것이 습기에 강하고, 지지대는 산속을 뒤지며 강도가 센 노간주나무를 구해야 한다. 나의 이런 진정성이 이 지역 사람들에게 읽혀졌는지 어느 날엔가는 사립문에 느티나무로 만든 '집필중'이란 작은 피객패(避客牌)가 걸렸다. 면소재지 부근에 살다가 도회지로 이사를 간 최동기 씨가 나를 위해서 만들어 온 것이 분명했다. 글 쓰는 이의 산방이니 무례하게 방문하지 말라는 뜻의 나무패였다. 하긴 나도 오전 중에는 밀린 청탁원고를 해결해야 하니 웬만하면 손님을 받지 않는 편이다.

그렇다고 하더라도 멀리서 온 손님을 어찌하랴. 더구나 오는 손님 막지 않고 가는 손님 잡지 않는다는 것이 내가 세워놓은 원칙이다. 한번은 피객패를 보고 돌아가는 손님을 본 적이 있다. 나는 문득 미안한 생각이 들어 뒤쫓아 나갔다. 그런데 그 손님이 "이 집 주인 성은 '집'씨이고 이름은 '필중'인가 보다!" 하고 나에게 웃음을 선사하고 가는 것이 아닌가. 그분이 다시 찾아온다면 요즘 즐겨 마시는 따뜻한 발효차 한잔 올려야 할 것 같다. 서재 방문에도 종이에 쓴 피객패가 있는데 그분이 본다면 뭐라고 할지 궁금하다. 왜냐하면 서재의 피객패에는 '집필 중'이라고 띄어쓰기가 돼 있는 것이다. 아마도 이 집 주인의 성은 '집필'씨이고 이름은 '중'이라고 할 것만 같다.

부산에서 온 문화탐방팀 손님들에게 감탄사를 자아내게 한 또 하나는 추녀 끝에 매달린 고드름이었다. 나 역시 땅꼬마 시절에 냇가 버들 상아시 산가시 밑에 달린 수정고드름을 마치 얼음과자인 양 따먹은 기억이 있다. 내 산방이 북향집이기 때문에 고드름이 잘 열리는 것 같다. 햇볕이 잘 드는 남향집에서는 고드름이 금세 녹아버린다고 한다. 법정 스님께서 살아생전에 내 산방에 오셔서 "왜 북향집을 지었소?"라고 물으신 적이 있다. 고찰이 내려다보이는 서향집을 짓지 않고 앞산이 첩첩한 북향집을 지었으니 의아하셨으리라. 상량문에도 나는 '백두산 천지 향해 이불재를 앉히다'라고 북향집임을 밝혔다.

"천년 고찰을 내려다보고 사는 게 무례하다는 생각이 들어 그랬습니다. 아래 절 풍경이 너무 아름답기 때문에 피했습니다."

"잘했소. 절이 보이게끔 지었으면 절을 지키는 경비초소가 될 뻔했어요."

내가 솔직히 이렇게 고백하자 스님도 내 의도에 동조해주셨다.

나는 이와 같은 사연도 문화탐방팀원들에게 들려주었다. 그러자 더러는 고개를 끄덕였다. 그래서 내친김에 한마디 더 보탰다. 우리가 진정 사랑하고 싶은 것이 있다면 소유하려 하거나 집착하지 말아야 한다고. 가끔 한 번씩 목말랐을 때 그리움으로 만나야 한다. 소유와 집착은 사랑이 아니다. 나는 바닷가에 통유리 집을 짓고 사는 사람들의 취향을 별로 좋아하지 않는다. 그것은 바다에 대한 예의가 아니다. 나라면 5분, 10분 걸어야만 바다가 보이는 그런 곳에 오두막집을 마련할 것 같다. 바다를 옆에 두고 사는 부산의 문화탐방팀 손님들이 모두가 내

말에 공감했는지 어땠는지는 모르겠다. 이제 내 산방의 겨울철 특산물이 있다면 추녀 끝에 매달린 동장군의 긴 칼 같은 고드름이 하나 더 추가되지 않을까 싶다.

산중의 바깥식구들

내가 사는 산중의 농부들은 새나 곤충, 산짐승을 바깥식구라고 부른다. 바깥식구들이 가장 고생하는 시기는 겨울의 끝자락인 해동머리다. 이때가 되면 산새들의 먹이인 떫은 명감나무 붉은 열매마저 산자락에서 보기 힘들어진다. 밤나무 우듬지에 구멍을 뚫고 살던 날다람쥐는 아예 이사를 가고 없다. 산방 옆 밤나무 숲에 뒹굴던 밤톨들이 진작 떨어지고 없기 때문이다. 사람 못지않게 봄을 기다리는 생명이 있다면 아마도 바깥식구들일 터이다.

해동머리라고 하지만 날씨가 갑자기 영하로 내려가면 바깥식구들도 자기 생존을 위해 무진장 애를 쓴다. 엊그제처럼 영하 10도 이하로 수은주가 떨어지면 산새 중에서 가장 작고 가벼운 딱새가 어김없이 먼저 반응한다. 혹한을 피해서 처마 밑에 난 환기통을 통해 거실로 들어온다. 딱새는 무단침입이 미안한지 전등갓에 앉아 눈을 깜박거리며 개

새나 곤충. 산짐승도 사람 못지않게 봄을 기다린다.

인기를 보여주기도 한다. 언제나 나를 경계하는 고라니는 먹이를 찾아 산방 앞산자락까지 내려와 운다. 사람이나 산짐승이나 추우면 배기 더 고픈 법이다.

겁 없는 직박구리는 산방 툇마루에 놓아둔 늙은 호박을 부리로 쪼고 나서는 결국 씨까지 빼먹고 있다. 바깥식구들의 애처로운 모습을 보고 있노라면 봄이 더 기다려진다. 산책할 때는 산길만 걷지 않고 일부러 개울을 건너보기도 한다. 겨우내 얼어붙곤 했던 개울물이 이제는 순하게 흐르는지 안부를 묻기 위해서다. 우수 무렵이 되니 개울물 소리가 돌돌돌 하고 들린다. 버들강아지 눈들도 한결 또록또록해졌다. 벽록당 터에서 듣는 솔바람소리가 한결 부드럽다. '벽록(檗綠)'은 수불 스님께서 지어주신 호인데 어느 세월에 '당(堂)'이 들어설지 아득하기만 하다. 솔바람소리가 귀를 씻어주는 듯해 하루에 한두 번씩은 꼭 올라가보는 벽록당 터 산자락이다.

산중에 살면서 귀를 씻는다고 하니 이상하게 생각할 분이 있을지 모른다. 신문이 들어오지 않는 산중이라 해서 지구별을 벗어난 듯 살고 있는 것은 아니다. 산방을 찾아오는 손님들이 저잣거리의 온갖 소식들을 물고 온다. 손님들의 직업적 취향, 정치적 색깔에 따라 주제별로 전해주니 저잣거리의 이야기들을 더 많이 알고 있다고 해도 과언이 아니다. 그런데 불행하게도 방을 따뜻하게 하는 장작개비만도 못한 소식들이 더 많다. 장작개비는 제 몸을 태워 온기라도 전해주므로 문단 말석에 붙어 있는 작가의 냉소라고 여기지 말았으면 좋겠다.

산새를 모독하는 듯한 '정치인 타령'이 들려온다. 〈새타령〉을 패러디한 것인데 나라의 지도자가 되겠다고 하는 사람들이 자기 정체성 내지는 주체성이 있는지 의심스럽다. 제발 또랑광대들의 행진이 아니기를 빌어본다. 그런가 하면 누가 보아도 한 식구인데 '새 정치'를 하겠다고 서로 갈라져 다시는 보지 않을 것처럼 상대하는 그 인사들의 품성이 정상적인지 묻고 싶다. 자칭 타칭 정치지도자들이 주고받는 말들은 예나 지금이나 가관이다. 참지 못하고 뱉어낸 독설은 배설과 다름없다. 침묵의 체로 걸러지지 않은 말은 소음이라 했다.

며칠만 지나면 만나게 될 반가운 바깥식구가 있다. 겨울잠에서 깨어난 개구리들이다. 산중에 살면서 얻은 경험칙인데 매화꽃이 필 무렵이면 개구리들이 여기저기서 합창을 시작한다. 개구리의 첫 소리가 얼마나 청아한지 들어보지 않은 사람은 모른다. 매화나무가 개구리의 간절한 첫 소리에 감응하여 화답하듯 꽃봉오리를 터뜨리는 것은 아닐까? 혹독한 겨울을 이겨낸 뒤, 비로소 깨어나 목을 튼 소리여서인지 절절하고 귀하게 들린다. 분을 이기지 못하고 막말을 해대는 사람들에게 들려주고 싶은 개구리의 첫 소리다. 한마디를 하더라도 내면에서 깊이 삭혀야만 듣는 이가 마음으로 공감하는 법이다.

한 뿌리의 이파리들

내가 사는 산중은 새들이 계절을 알려준다. 해마다 찾아오는 철새가 무슨 달인지를 알려준다. 그런데 이삼 년 전부터는 철새들의 출현이 들쑥날쑥 제멋대로이다. 휘파람새는 대개 2월 중하순 밤에 나타나 후이후이 하고 우는데 올해는 며칠 전 꼭두새벽에야 녀석의 소리를 들었다. 하도 반가워 자는 아내를 깨워 함께 들었다. 삼짇날 무렵에 날아오는 제비도 아직 소식이 없다. 산방 앞뒤 처마에 있는 제비집은 비어 있을 뿐이다. 철새들이 계절감각을 잃어버린 까닭은 지구온난화 영향 때문인지도 모르겠다.

때맞춰 출현한 철새는 노랑할미새다. 녀석은 무뚝뚝한 나보다는 아내가 더 좋은지 아내의 도예공방 처마에 둥지를 짓고 산다. 겨울잠을 자러 사라졌던 박쥐도 다시 나타났다. 가을까지 산방 안에서 사는 식구 같은 존재다. 박쥐의 끼니는 모기와 파리들이다. 박쥐가 위엄을 보이자 파리들이 순식간에 사라졌다. 손님들에게 늘 자랑하는 이야기지만 나는 박쥐 덕분에 살충제를 사용해본 적이 없다.

며칠 전, 서울에서 네 분의 손님들이 봄꽃구경을 하고 갔다. 모두 해방 전후에 영등포에서 태어나 초등학교를 함께 다닌 처형의 동창분들이었다. 봄꽃들을 보고 감탄하는 모습이 소녀들 같았다. 그분들이 왔을 때는 매화꽃과 산수유꽃, 생강나무 꽃이 아쉽게도 졌으나 다행히 자두나무 꽃, 벚꽃, 동백꽃은 만개해 있었다.

봄바람에 흩날리는 벚꽃의 낙화를 보니 꽃비 같다는 생각이 든다. 마침 비가 한두 방울씩 듣고 있다. 연못에 점점이 떨어진 벚꽃의 낙화를 혼자만 보기 아까워 스마트폰에 담아두었다가 지인들에게 보낼 참이다. 동백꽃 역시 마찬가지다. 무미건조한 마당을 붉게 수놓은 낙화가 눈길을 사로잡는다. 낙화를 하고 나서야 비로소 완성되는 꽃이 있다면 바로 동백꽃이 아닐까 싶다. 떨어진 동백꽃을 몇 송이 주워와 과일 담는 옥빛 백자과반에 올려본다.

오늘따라 동백꽃 낙화가 선혈이 응고된 것처럼 검붉다. 문득 '그대가 아프니 나도 아프다'라는 불가의 금언이 떠오른다. 몇 년 전에 내 산방을 찾아온 수도자도 생각난다. 수도자는 차를 몇 잔 마신 뒤에 나를 찾아온 용건을 꺼냈다. 그는 내게 우리나라는 OECD 국가 중 10년간 자살률 1위를 기록하고 있으며, 청소년의 자살률은 아주 심각한 상태라고 말했다. 수도자는 내게 '생명생존선언문'의 초안을 써달라고 부탁했다. 아마도 시민단체 차원에서 계몽운동을 하려고 준비 중인 것 같았다. 나는 초안은 써주되 운동단체에 내 이름을 올리는 것은 안 된다고 조건을 달았다. 이름만 걸고 활동하지 않는 것은 나를 속이는 일이기 때문이었다.

'세상의 모든 생명은 한 뿌리입니다. 나와 이웃은 한 뿌리의 이파리들입니다. 한 이파리가 불행하면 다른 이파리도 불행하게 됩니다. 이것이 내가 행복해야 할 이유입니다. 따라서 나에게는 하나밖에 없는 내 생명을 지켜야 할 무한책임이 있습니다. (하략)'

이후 어떻게 수정 보완됐는지 모르겠다. 그동안 잊고 지냈다는 것이 미안하다. 지옥이 저승에 있는 줄 알았는데 나이 들고 보니 그게 아니다. 자기 생을 반납하는 이들마다 절박한 사연이 있었겠지만 위로의 말 한마디 건네지 못했다는 것이 못내 마음에 걸린다.

다친 산새를 돌본 일이 있다. 산새는 솜털처럼 가벼웠다. 사람도 산새처럼 가벼워진다면, 미망과 욕심을 내려놓는다면 바람처럼 걸림 없이 살 수 있을 텐데. 비바람에 피어난 봄꽃이 오늘은 비바람에 지고 있다.

낙향한 작가의 예의

폭설이 내리면 산방 부근의 산길은 어김없이 끊긴다. 아침체조를 하는 셈 치고 산방으로 오는 언덕길 한쪽의 눈만 치우는데도 온몸에 땀이 줄 줄 흐른다. 과격한 아침체조는 더 이상 하지 말아야겠다는 생각이 든다. 눈삽으로 적설의 무게를 경험해보니 그렇다. 힘을 무리하게 받은 오른 쪽 무릎이 시큰거린다.

만류해도 오겠다는 손님이 있어 언덕길이라도 터준 대가다. 눈이 쌓이지 않는 고흥 땅 사람들은 폭설로 산길이 막혔다고 해도 믿기지 않았던 모양이다. 승용차로 오다가 끝내 운전할 수 없게 되면 그때 돌아 가겠다고 고집을 부렸으니까. 나와 약속한 2월 초의 강연행사가 다가 오고 있으니 공무원인 그분들 마음이 급했던 것도 같다. 폭설로 식당 에 갈 수도 없는 형편이었으므로 아내가 떡국을 끓여 내놓았는데 손님 들의 반응이 의외로 좋았다. 산중 반찬으로 동치미와 김치가 전부였음에도.

그젯밤부터 오늘 새벽까지 비가 내려 응달의 눈까지 나 녹아 지금은 이른 봄 날씨처럼 포근하다. 겨울비가 제설작업을 말끔하게 마친 셈이다. 성에 차지는 않지만 가뭄도 어느 정도 해갈되지 않았나 싶다. 산방 마당의 연못에도 제법 빗물이 고여 있다. 놀랍게도 마당가에는 푸른 싹들이 점점이 돋아 있다. 눈 속에서 얼음새꽃처럼 스스로 발열이라도 했는지 파랗게 살아 있다. 손톱만 한 어린 질경이 잎도 보인다. 생명력이 질겨서 질경이란 이름이 붙었을까? 봄날에 잡초를 뽑을 때 아무래도 녀석에게는 호미가 덜 갈지도 모르겠다.

산길이 뚫린 뒤 첫 번째 손님은 보성읍에 사는 김 아무개 씨다. 작년에 탄원서를 써주었는데 해가 바뀌었다며 날짜를 수정해달라고 한다. 현재 영어의 몸이 된 김 아무개 씨의 직장 상사를 위해 재판장에게 호소하는 탄원서다. 김 아무개 씨의 상사는 나와도 인연이 있는 사람으로 전후 사정을 살펴보니 억울하기 짝이 없었다. 지푸라기라도 잡는 심정이었을 텐데 명색이 작가로서 직접 도와주지는 못할망정 모른 체한다는 것은 상상할 수도 없는 일이었다.

요즘 나는 대서소 직원처럼 고향 사람들이 요청하는 글을 거절하지 못하고 대행하는 느낌이다. 사람들이 찾아와서 요청하는 글도 여러 가지다. 탄광에서 희생한 광부들을 기리는 화순탄광 위령비 비문부터, 다산 정약용이 화순에서 2년 동안 『맹자』를 공부해 다산학의 바탕을 다졌던바 화순읍내 공원의 조형물에 새겨질 '화순과 다산 이야기'를

이불재 사립문. 어떤 손님은 나의 이름을 '집필중'이라고 우스갯소리로 부른다.

써주었고, 일제강점기를 살았던 어느 선각자의 공덕비 비문을 지어 보내기도 했다. 다산 동상 옆에 소개한 '화순과 다산 이야기'와 천년고찰 쌍봉사에 세워진 시판(詩板), 즉 초의선사와 고려시대 지식인 김극기 시 번역은 내 주관이 가미됐으므로 글쓴이를 밝혔지만 다른 글들에서는 모두 내 이름을 뺐다. 지역민을 도운 선각자나 탄광 희생자를 위한 글에 내 이름이 들어가면 누가 될 것 같아서였다. 몇 해 전에는 난생처음으로, 별세한 분을 애도하는 조사를 쓴 적도 있다. 물론 생전에 그분이 남긴 공덕을 충분히 헤아려본 뒤에 쓴 글이지만, 한 번도 뵙지 못한 분에 대해 쓰려니 왠지 내키지 않았던 기억이 선명하다.

재작년에는 면사무소 앞의 커다란 입석에 새길 글을 지어주었는데, '면민의 날'에 감사패를 받고 나서 쑥스럽기만 해 슬그머니 행사장을 빠져나온 적도 있다. 내가 사는 이양면은 지리적으로 전라남도의 정중앙이라고 한다. 그래서 지은 문구가 '꿈꾸는 남도의 심장, 의로운 볕고을 이양'이었다. 의로운 볕고을이라고 한 까닭은 이양면 계당산에 국가사적지로 지정된 한말 의병훈련 터인 '쌍산의소(雙山義所)'가 있고 양명하기 때문이었다. 내가 지은 글은 고흥에도 있다. 임진왜란 때 조명연합수군이 처음으로 승전한 싸움이 절이도(거금도) 해전인데, 승전탑의 비문과 해전의 배경에 대해 내가 작성한 글이 한 사각형의 돌에 새겨져 있다. 이제까지 그랬듯 앞으로도 나는 고향 사람들이 부탁하는 글에는 고료를 청구하지 못할 게 뻔하다. 고향에 뼈를 묻으려고 낙향한 작가로서 최소한의 기부이자 예의라고 생각해서이다.

이불재 봄

동부들은 동창이 훤해질 무렵까지 잠자던 나와 달리

새벽부터 다랑논밭에서 일하고 있었다.

나는 호미 한 자루를 사와 방벽에 걸어두고

'지금 나는 무엇을 하나?'라며 스스로 묻곤 했다.

텃밭의 호된 가르침

보름 전에 마당가 연못이 바닥을 드러내 물을 댔다. 그러자 겨울잠에서 깬 개구리들이 어김없이 연못으로 모여들었다. 알을 낳기 위해서다. 산방 부근에 사는 개구리들의 출생지는 아마도 마당가 연못이 아닐까도 싶다. 연못에는 벌써 개구리 알들이 듬성듬성 무리지어 있다. 물이 나오는 소나무 홈통은 젊은 김 목수가 선물한 수제품이다.

산중 농부들은 '연못을 파면 개구리들이 뛰어든다'고 말한다. 경험에서 우러난 말인데 때로는 흥미로운 비유로 바뀐다. 산방을 짓고 난 뒤, 내가 텃밭을 하나 장만하려고 서둘렀더니 한 농부가 연못을 팠으니 개구리들이 뛰어들 거라며 만류했다. 산방에 가만히 있어도 밭주인들이 자기 땅을 사라고 찾아올 거라는 귀띔이었다. 지금은 고인이 돼버린 그 농부 덕에 나는 착한 값을 치르고 텃밭을 장만했다. 그늘진 밭 윗부분은 차밭을 조성했고 밭이랑 끝에는 매화나무와 뽕나무, 블루베

리 몇 그루를 심었다. 또 밭두둑에는 고구마와 고추 농사를 1년마다 번갈아 지어 자급자족했으니 얼치기 농사꾼으로서는 최고의 덧밭인 셈이다.

다산 정약용이 강진 유배생활을 하면서 왜 굳이 텃밭을 일구고 땀을 흘렸는지 그 이유를 알 것 같다. 다산은 거처를 초당으로 옮기면서 텃밭을 하나 갖고 싶어 했다. 실학자다운 계산도 있었겠지만 농사지으면서 자연의 섭리와 농부의 수고를 알고자 함이 아니었을까? 물론 다산은 선비의 책무를 다하고자 부지런히 강학하고 제자를 가르쳤다. 그 결과 초당 제자가 열여덟 명이나 되었다. 나 역시 텃밭 농사를 지으면서 깨달은 것이 많다. 귀동냥한 지식은 남의 것이지만 체험 속에서 자각한 지혜는 내 것으로 쌓였다. 줄기와 잎이 지나치게 무성한 고구마는 허장성세, 민망할 정도로 부실한 뿌리를 보여주었으니 말이다.

서울에서 방일했던 내가 꼭두새벽에 일어나는 습관이 든 것도 산중 농부들 덕분이리라. 17년 전 낙향했을 때였다. 나야말로 얼마나 게으른 사람인지 자책하지 않을 수 없었다. 농부들은 동창이 훤해질 무렵까지 잠자던 나와 달리 새벽부터 다랑논밭에서 일하고 있었던 것이다. 그래서 나는 20리 밖에 있는 면소재지로 나가 호미 한 자루를 사와 방벽에 걸어두고 '지금 나는 무엇을 하나?'라며 스스로 묻곤 했는데, 그 무렵의 나를 항상 잊을 수가 없다.

조광조가 능주로 유배 와서 사약을 받은 뒤 처음으로 묻힌 곳이 있다. 내 산방에서 1킬로미터쯤 떨어진 서원터 마을이다. 옛날에는 조대 감골로 불렸다고 한다. 그곳에 사시는 80대인 구씨 농부도 나에게는 고마운 분이다. 내 산방으로 오르는 길이 가파르고 구불구불하여 구 노인의 밭을 사서 길을 넓혀야만 리어카라도 다닐 수 있었다. 구 노인 은 선뜻 자신의 밭에서 길이 될 부분만 팔겠다고 허락했다. 그러면서 길은 그냥 내어주는 법이라며 몹시 미안해했다. 그런데 그날 밤 구 노 인 부인이 찾아와 길 부분만 떼어내 팔면 쓸모없는 땅이 된다며 밭을 다 사라고 하소연했다. 내가 듣기에는 노파의 부탁도 일리가 있었다. 결국 나는 원래의 평당 가격에다 구 노인의 선한 마음까지 보태 후한 값을 치르고 밭을 샀는데 지금도 그때를 생각하면 미소가 지어진다. 오늘따라 구 노인의 안부가 자못 궁금하다.

연못에 햇살이 비쳐드는지 개구리 울음소리가 들려온다. 이른 봄에 듣는 개구리 울음소리는 곡진하고 청아하다. 한겨울 내내 참았다가 터 뜨리는 소리이니 절절할 수밖에 없으리라. 때마침 연못가에서는 백매, 홍매, 청매가 다투어 꽃을 피우고 있지만 도시에 사는 지인들에게 향 기를 보낼 수 없으니 안타깝다. 그러나 오늘은 내가 서울의 소식에 마 음이 격동되어 어찌할 바를 모르겠다. 헌법재판소의 탄핵인용 결정에 어느 쪽이든 눈물 흘릴 사람들이 많을 것이다. 불가의 자비란 말을 풀 어본다. 자慈는 측은지심이고 비悲란 틀린 것을 아니라고 바로잡는 심 판하는 마음이 아닐까? 이제는 어떤 주장을 폈든 자비 안에서 화합하기를 갈망하지 않을 수 없다. 광화문광장의 세종대왕과 이순신 장군이 자와 비를 상징하는 듯하다. 걸코 잊어버려서는 안 될 우리 민족의 빼어난 진면목이 거기에 있는 것 같다.

소나무를 심은 뜻은

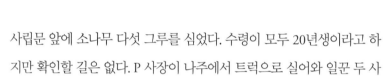

사립문 앞에 소나무 다섯 그루를 심었다. 수령이 모두 20년생이라고 하지만 확인할 길은 없다. P 사장이 나주에서 트럭으로 실어와 일꾼 두 사람을 데리고 하루 종일 애를 썼다. 뿌리 부분에 붙은 흙덩이분은 생각보다 컸다. 서너 명의 사람이 들 수 없어 굴삭기를 이용하여 땅에 묻었다.

나는 흐뭇하여 밤에도 달빛에 비친 다섯 그루 소나무를 바라보곤 했다. 마치 〈세한도〉에 나오는 추사 김정희가 그린 소나무 같기도 했다. 내가 어떻게 사는지, 내 여생을 묵묵히 지켜볼 소나무라고 생각하니 숙연해지기도 했다. 당나라 문인 유유주(柳柳州)는 그의 『괴송서(怪松序)』에서 이렇게 말했다.

'소나무는 바위틈에 나서 천 길이나 높이 솟아 그 곧은 속대와 거센 가지와 굳센 뿌리를 가지고 능히 추위를 물리치고 엄동을 넘긴다. 그러므로 뜻있는 군자는 소나무를 법도로 삼는다.'

나무시장에서 조경을 위해 구입한 소나무라면 나의 애정이 덜했을 것이다. 나무는 소유하고 집착하는 대상이 아니라 거기 존재하여 관계를 가짐으로 해서 우리들뿐만 아니라 뒷사람의 마음을 충만케 하는 생명인 것이다. 소나무가 내 식구처럼 여겨지고 관심이 더 가는 까닭은 P 사장의 마음이 담겨 있기 때문이다.

소나무를 선물한 그의 한마디는 내게 흥미를 더하게 했다. "저는 나무와 대화를 합니다." 그 한마디에 나는 '나무와 무슨 대화를 한단 말인가' 하고 궁금해 견딜 수 없었다. 도대체 어떤 이유로 조경 사업을 하고 있는지 알고 싶었다.

소나무를 심고 간 지 보름 만이었다. 그가 부인과 함께 내 산방을 방문하여 나는 그 부부에게 다슬기 수제비를 대접하면서 꽤 긴 얘기를 들을 수 있었다. 그의 삶도 거친 들판의 소나무와 같이 풍진세상을 견뎌온 실존임을 알았다. 그는 10전 11기의 인생을 살고 있었다. 1978년도에 법대에 입학했다가 2년 만에 야당 정치인의 사건에 연루되어 일본으로 밀항하여 동경의 한 농장에서 숨어 지냈던 것이 조경에 관심을 갖는 계기가 됐다고 한다.

이후 그는 수배가 해제되어 서울로 돌아와 사우디아라비아 왕궁 조경과 88올림픽촌 조경 사업을 순조롭게 시작했지만 아파트단지 조경에 뛰어들면서 곡절이 많았다고 한다. 그래서 사업을 광산업과 영화제작 등으로 바꾸게 되었는데, 그때마다 실패하여 세 번이나 자신의 인생을 끝내려고 시도했다는 것이다. 결국 처음 꿈꾸었던 직업으로 돌아온 것은 고등학교 시절 등하굣 길에 늘 보았던 운현궁 정원의 매력을 떨쳐버릴 수 없었기 때문이라고 한다.

내가 일본에서 무슨 조경을 배웠느냐고 묻자, 그는 고개를 저었다. 일본 조경과 우리나라 조경은 전혀 다르기 때문에 배울 것이 없었다는 것이다. 나무를 일부러 부러뜨리고 꺾어 분재를 만드는 그들의 방식이 마음에 와 닿지 않았다고 한다.

"일본은 자연석만 해도 많이 쌓아서 조경을 합니다. 그러나 우리나라 옛 선비들은 바위를 가져오더라도 나무 아래 몸 하나 쉴 수 있는 한두 개 정도만 놓았습니다. 강한 자가 약자를 누르는 것 같은, 힘을 과시하는 조경은 우리나라 조경이 아닙니다."

그런데도 우리나라 조경업자들이 일본을 따라가는 것 같아 안타깝다고 말하면서 그는 우리나라 묘지문화에 대해서도 개탄했다.

"어느 부자가 제게 돈은 얼마든지 줄 수 있으니 최고의 조경을 해달라고 부탁한 적이 있습니다. 그러나 저는 거절했습니다. 산 사람도 그런 조경을 하지 못하고 사는데, 죽은 사람을 위해 호화로운 조경을 해서야 되겠습니까? 손가락질 받는 조경은 하지 말아야 합니다."

얘기를 듣는 동안 내 관심사는 아무래도 언젠가 새로 짓게 될 내 집으로 자연스레 넘어갔다. 그에게 자문해보니 대답은 명쾌했다. 정원을 일본식으로 집 앞에 만들지 말고 우리나라 방식대로 후원을 만들라고 했다. 집 앞마당에 굳이 나무를 심는다면 왼쪽에 소나무 세 그루, 오른쪽에 감나무 한 그루, 측면에 매화나무 대여섯 그루를 심은 뒤 마당은 잔디로 포장하지 말고 마사를 깔고 아침마다 비로 쓸라고 했다. 빗자루 흔적이 선명한 마당에 물이 좀 뿌려진 풍경이야말로 조선의 진짜 마당이라는 것이었다.

그가 심은 소나무는 이제 솔순에서 침엽이 솟구치고 있는 중이다. 그의 말대로 소나무가 잘 살고 있다는 증거다. 세월을 비켜서지 않는 저 소나무들은 능히 강풍을 견디고 혹독한 겨울을 넘기리라. 나도 저 소나무의 위의(威儀)를 본받아 탁마하고 싶다.

어디가 머리이고 어디가 다리인가?

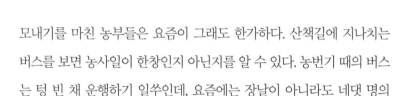

모내기를 마친 농부들은 요즘이 그래도 한가하다. 산책길에 지나치는 버스를 보면 농사일이 한창인지 아닌지를 알 수 있다. 농번기 때의 버스는 텅 빈 채 운행하기 일쑤인데, 요즘에는 장날이 아니라도 네댓 명의 낯익은 농부들 얼굴이 보인다.

내 산방 처마 밑에 사는 어미제비도 새끼들이 스스로 날게 되자, 급한 일을 마쳤다는 듯 둥지를 비운 채 보이지 않는다. 어디론가 외출한 것 같은데, 혹시 새끼가 살 둥지를 지어주려고 잠시 떠나 있는지 모르겠다. 나도 역시 며칠 전에 산방 위아래 밭을 서둘러 손보고는 지금은 여유를 부리고 있다. 산방 위 밭은 억새풀이 우거지고 칡넝쿨까지 뻗어가고 있어 심란했던 터였다. 아내와 의견 충돌이 일기도 했다. 아내는 콩과 참깨를 심으려는 나를 두고 비현실적이라고 했다. 일꾼을 불러 작물을 심고 가꾸는 경비가 사먹는 것보다 더 든다고 반대했다. 그러나 내 생각은 달랐다. 손해를 조금 보더라도 멀쩡한 밭을 묵정밭으로 묵히는 것은 밭에 대한 예의가 아니라는 생각이 들었다. 산자락에 처음으로 밭을 만든 사람의 노고를 생각해서라도 직무유기를 해서는 안 될 것 같았다. 참고로, 글을 밥 삼아 쓰는 나도 면사무소에 농지원부가 있으니 작가 겸 농부라고 해도 틀린 말은 아니다.

아내와 의견이 다르다 보니 파종이 늦어졌다. 그런데 김 씨는 콩과 참깨는 늦을수록 수확량이 많아진다고 주장했다. 내가 20리 밖에 사는 김 씨를 농사일이 있을 때마다 데려오는 이유는 아이와 같이 웃는 미소가 일품이고 농사의 지혜가 많기 때문이었다. 무일푼 신세로 텃세가 심한 객지 마을에 정착하여 부자가 되고 이장까지 지내게 된 경력도 그분의 해맑은 미소와 지혜의 힘이 아닐까 싶다.

기와막골에 사는 정 씨는 농사일에 수완이 좋은 김 씨를 부러워하며 기웃거리곤 했다.

"저는 참깨 씨를 산비둘기 때문에 벌써 네 번째 심고 있습니다. 산비둘기가 왜 가난한 집 밭에만 와서 참깨를 파먹는지 모르겠습니다."

"산비둘기가 부잣집, 가난한 집 밭을 알아본다는 말은 처음 들어봅니다. 하하하."

답답한 정 씨가 웃자고 지어낸 얘기였을 것이다. 산비둘기가 참깨 씨를 파먹지 못하게 하는 방법은 간단했다. 못자리용 상토(上土)를 참깨 씨 위에 살짝 덮어주기만 하면 됐다. 산비둘기가 부리로 두둑을 헤집지만 그때마다 몽글몽글한 상토가 참깨 씨를 덮어버리곤 했던 것이다. 그러니까 산비둘기의 급한 성질을 이용한 방편인데, 내 눈으로 직접 확인하고 경험한 방법이니 믿어도 좋을 듯하다.

다만 콩은 어쩔 수 없이 몇 알씩 더 심어 산비둘기 몫도 양보해야 한다. 콩은 상토를 덮는다 해도 잘 드러나기 때문에 소용없다는 김 씨의 말이다. 김 씨는 산방 아래 밭도 말끔하게 정리해주고 갔다. 산방 아래 밭 대부분은 어린 나무들이 심어져 있는데, 밭에 널린 돌멩이를 주워 한쪽에 쌓아놓으니 돌탑이 됐다. 이 세상에 이름 없는 풀이 없듯 구르는 돌멩이 하나도 다 쓸모가 있구나 하고 새삼 깨닫는다.

나는 이따금 나만의 화두에 잠긴다. 밭에 심어진 느티나무나 동백나무들을 바라보고 있노라면 갑자기 '어디가 나무의 머리이고 어디가 다리인가' 하고 궁금해지는 것이다. 무심코 보면 가지와 잎을 지탱해주는 뿌리가 다리인 것 같지만, 의미를 따져보면 잎과 가지를 죽이고 살리는 근본이 되는 뿌리가 머리 같기도 한 것이다.

그러나 나는 곧 나만의 화두에서 빠져나온다. 있는 그대로 보지 못하고 '왜 내 중심으로 사고하는가?'라는 자각이 들어서이다. 산방 둘레에 사는 박쥐도 마찬가지다. 박쥐는 왜 거꾸로 매달려 있을까 하고 궁금해하지만 그것은 나의 주관일 뿐이다. 박쥐는 바르게 혹은 편하게 휴식을 취하고 있을 뿐인데 내 중심으로 망상을 피우고 있는 것이다. 이런 나의 사고를 두고 불가에서는 전도몽상(顚倒夢想)이라고 한다. 인연의 그물 속에 있는 사건과 유무정물을 진실 그대로 보지 못하고 내 중심의 편견과 지식으로 인식한다는 말이다.

　세상에 시비와 갈등이 넘쳐나는 것도 만물의 영장이라는 인간의 심각한 전도몽상 때문이 아닐까 싶다.

씨앗은 진퇴를 안다

산중에 살다 보니 날씨에 민감해진 것 같다. 아침에는 바람이 불지 않다가도 오후가 되면 샛바람이나 마파람이 옷깃을 파고든다. 그래도 부드럽고 축축한 봄바람은 곧 봄비가 올 것이니 농사일을 준비하라는 신호이기도 하다. 농부들은 다랑논밭에서 쟁기질을 하고 있다. 농부의 쟁기질을 볼 때마다 금언 하나가 늘 떠오른다. '쟁기를 잡았으면 뒤돌아보지 말라'는 금언이다. 운전대 잡은 사람이 뒤를 보면서 앞으로 갈 수는 없을 터이다.

나는 산책하면서 노인 농부들을 만나면 인사를 나누곤 한다. 그러나 농기계를 움직이는 젊은 농사꾼은 기계음 소리가 시끄러운 탓에 그냥 지나쳐버린다. 이미 고인이 된 농부 황 씨는 내게 여러 가지 추억을 남겨준 분이다. 나보다 예닐곱 살 위인 황 씨는 생면부지의 나를 '동상(동생)!'이라고 불렀다. 나는 황 씨 집 앞으로 난 산길을 지날 때마다 그냥 지나치지 못했다. 황 씨는 일하다가도 달려와 나를 자기 집으로 끌고 가서 툇마루에 앉혔다. 그는 여느 농사꾼과 달리 꽃과 술을 좋아했던 것 같다. 술로 명을 재촉한 사람은 있어도 꽃으로 병이 깊어진 사람은 없을 것이다. 황 씨 역시 술병이 들어 칠십을 갓 넘긴 나이임에도 하늘이 데려갔다. 그에게 들은 이야기 중에 잊히지 않는 것이 있다. 농사에 얽힌 속담들이다. 황 씨는 속담 비슷한 말을 지어 내게 들려주기도 했다.

'제비와 스님은 올 때는 알지만 갈 때는 모른다.'

절골 마을에 터를 잡고 산 그가 제비와 스님들의 행동방식을 눈여겨보고 지은 말이다. 삼짇날 무렵에 오는 제비나 절에 오는 낯선 스님은 금세 눈에 띈다. 그러나 제비는 중양절 전후로 홀연히 사라지고, 스님은 예고 없이 절을 떠나버리곤 한다. 제비와 스님 모두가 몰종적(沒蹤迹)의 눈부신 경지다.

요즘 산방 안팎으로 나무들의 개화가 한창이다. 매화는 이미 낙화한 지 며칠 됐고, 진달래꽃과 목련꽃이 만개해 불을 켜놓은 듯 산방 둘레가 환하다. 특히 사립문 밖의 자두나무 꽃이 팝콘처럼 일제히 터지기 시작했고 태산목 밑의 명자나무 꽃망울도 안간힘을 쓰고 있다. 꽃은 답답한 마음을 가시게 하는 치유력이 있다. 나로 인해 우울해하는 아내의 마음을 풀어주는 것도 꽃일 때가 많다. '여보, 이리 와 봐요. 자두꽃이 피었소.' 이렇게 말을 걸면 마지못한 척 따라 나와서 꽃을 보며 웃는 것이다. 누구라도 미소 짓는 순간에는 붓다가 된다고 했다. 웃는 꽃을 보고 얼굴 찌푸리는 사람은 아마도 이 세상에 없으리라.

그제는 농사일하기 좋은 청명(淸明)이었다. 부지깽이를 꽂아도 싹이 난다는 절기였다. 한식(寒食)이자 식목일에는 봄비가 온다고 하므로 텃밭에 무슨 농사를 지을까 다급하게 궁리했다. 텃밭은 이미 흙을 뒤집어 두둑을 만들어놓은 상태였다. 아내는 도예공방 유리창 너머로 보이는 밭두둑에 도라지 씨앗을 뿌리자고 거들었다. 별처럼 피어나는 도라지꽃을 보고 싶은 것이 아내의 속셈이었다. 나는 아내와 다르게 요량하면서 맞장구쳤다. 기관지는 물론 뇌에 악영향을 끼친다는 미세먼지로부터 내 몸을 지켜야겠다는 생각으로 도라지를 떠올렸던 것이다. 아내가 낭만적이라면 나는 실용적인 생각을 한 셈이다. 산중에서는 병원이 원거리에 있으므로 민간요법이라도 숙지하고 있어야 한다는 것이 내 지론이다.

어느 고을이 장날인지 따져보니 마침 4일, 9일에 서는 복내장이 있었다. 고개를 하나 넘어 30리쯤 가면 복내면소재지이니 그렇게 먼 거리는 아니었다. 결국 도라지를 심어본 지인에게 부탁했더니 오후 3시쯤 도라지 씨앗 두 홉과 왕겨 한 가마니를 가져왔다. 채송화 씨같이 생긴 도라지 씨앗 두 홉에 1만 원이라 하니 아주 싼 편이었다. 일을 분담해서 하니 작업은 생각보다 빠르게 끝났다. 지인이 도라지 씨를 밭두둑에 흩뿌리는 동안, 나는 씨앗이 바람에 날아가지 않게끔 납작한 삽등으로 두둑을 다지듯 살살 두드렸다. 습도를 유지하기 위한 왕겨는

봄기운이 약동할 때는 불두화가 먼저 꽃을 피운다.

파종이 끝난 뒤 엷게 덮었는데 벌써 발아시기가 기다려진다. 씨앗은 진퇴(進退)를 모르는 사람과 달리 2주쯤 후에는 어김없이 싹을 틔울 것이다.

잡초와 약초

내가 사는 산방의 마당은 경사가 사립문 쪽으로 5도 정도 기울어 있다. 비가 내리면 마당의 물은 곧장 사립문으로 흘러 나간다. 배수가 아주 좋은 편이다. 그러나 한두 가지 단점도 있었다. 비가 올 때마다 물이 너무 잘 빠져 마당의 흙이 쓸려 나가기도 하고 골이 파이기도 했다. 그래서 마당에 잔디를 심자는 묘수를 생각해냈다. 뗏장은 어렵지 않게 면소재지에서 구할 수 있었다. 잔디가 다 덮이고 나서는 폭우가 쏟아져도 마당 걱정은 하지 않게 되었다. 벽돌 크기만 한 뗏장을 듬성듬성 놓아두었더니 1년 만에 위아래 마당이 모두 잔디밭으로 바뀌었던 것이다.

손님들은 단정한 잔디 마당을 보고는 이구동성으로 감탄하곤 했다. 잡초 한 포기 없는 푸른 잔디 마당은 시원하고 말끔했다. 팔순 어머니께서 "아이고 허리야" 하시면서도 아침마다 호미를 들고 사셨기 때문이었다. 그러나 어머니가 광주로 나가신 뒤부터 잔디 마당은 곧 잡초밭으로 변했다. 글을 쓰려고 낙향한 내가 잡초와 씨름만 하고 있을 수가 없었으므로 이웃 농부에게 부탁하여 예초기를 돌리기도 했지만 한철만 지나고 나면 원래의 모습으로 돌아가버렸다.

이른바 잡초라고 불리는 망초·질경이·민들레·토끼풀·쑥 등이 창궐했다. 키가 작고 실뿌리가 억센 놈들은 호미로 뽑고, 망초 같은 덩치가 큰 풀들은 손아귀 힘을 썼지만 결국 나는 두 손을 들 수밖에 없었다. 망초를 뽑던 오른쪽 어깨에 통증이 와서 물리치료를 받게 되었던 것이다. 물리치료를 받으면서 깨달은 것이 하나 있다. 오른쪽 어깨 근육통은 망초들의 복수가 틀림없다는 사실이었다. 살기 위해 사력을 다해 버티는 망초들을 인정사정없이 뽑아댔으니 어깨에 무리가 올 수밖에 없었으리라고 반성했다. 뽑히고 나서도 흙을 달고 있는 망초의 잔뿌리를 보고 있노라면 그런 생각이 더 분명해졌다.

또 작년부터는 잡초들이 약초가 된다는 것도 알았다. 망초는 위염·장염·설사를 다스리고, 질경이는 해열·거담·이뇨를 돕고, 민들레는 천식·신경통·변비·간염에 효험이 있는 약초라고 한다. 그러니까 쓸모 있는 어린 생명들이 나의 편견과 주관에 의해서 잡초로 불리며 홀대를 받았던 셈이다.

올봄부터 나는 마당에서 자라는 잔디와 잡초를 차별하지 않기로 했다. 다만 그것들이 웃자랄 경우에만 사람 이발하듯 예초기를 이용해 손봐주기로 했다. 그러자 뜻밖에 하나둘 변화가 생겼다. 특히 위채 마당은 민들레가 삼삼오오 뿌리내리더니 아예 노란 민들레꽃밭으로 변했다. 이제는 민들레꽃들이 다 지고 꽃대만 쑥 올라와 하얀 솜사탕 같은 홀씨를 달고 있다. 꽃대는 민들레꽃이 핀 자리보다 누세 배의 키로 솟구쳐 있다. 도회지 사람들은 민들레 꽃대가 왜 저렇게 애를 쓰는지 모를 것이다. 나는 민들레 꽃대를 볼 때마다 경외감을 느끼곤 한다. 자신의 씨를 먼 곳까지 많이 퍼뜨리기 위해 있는 힘을 다해 꽃대를 위로 밀어 올리는 것이기 때문이다.

오늘은 저 민들레들이 생전의 박완서 선생을 생각나게 한다. 수년 전에 내 산방을 찾아와 하얀 민들레꽃 무리를 보시고는 서울의 당신 집에 심겠다고 캐 가신 적이 있다. 그날 선생의 모습은 영락없는 사춘기 소녀였다. 그 민들레가 지금도 선생 댁에서 하얀 꽃을 피우고 있는지 궁금하다. 한국문학의 큰 자산이 된 작가에게 선택받은 행복한 민들레가 아니었을까 싶다. 박완서 선생은『꼴찌에게 보내는 갈채』란 산문집을 내게 선물로 주셨다. 지금 생각해보니 내 산방 마당에서 한때 구박받았던 잡초들에게 사랑의 박수를 쳐주라는 당부인 것도 같다.

차를 마시면 흥하리

어제 차나들이를 다녀왔다. 차나들이란 단어는 국어사전에 없지만 내가 지어서 써온 말이다. 봄나들이와 비슷하다고 보면 된다. 해마다 곡우 무렵에 차나들이를 했는데 올해는 부처님 오신 날을 택일했으니 많이 늦은 셈이다. 신록과 녹음이 어우러진 산길은 벌써 초여름이 짱짱하게 들어서려는 느낌이었다. 순천 다보원에 이르자 제다는 이미 끝났고 차방은 조용했다. 주인인 다목(茶目) 유수용 선생과 부인이 나를 맞이했다. 하루 전만 해도 제자들이 작설차를 만드느라고 붐볐다는데 파장이었다.

나는 적적한 차방에 들어 행운이라고 생각했다. 아침 햇살이 창을 투과해 들어와 한자리 차지하니 더 바랄 것이 없었다. 유 선생이 찻물을 붓고 백운산 야생차를 우렸다. 야생차는 300도와 350도 사이에서 짧게 여러 번 덖어야 풋내를 없앨 수 있다고 한다. 더불어 찻잎을 속까지 익히는데 탄내가 붙어서는 안 된다고 한다. 차꾼들은 이 과정을 풋내와 탄내를 잡는다고 하는데, 유 선생은 '은근하게 고소하면서도 미세하게 풋내가 나는 맛'이 최고의 차맛이란다. 32년 경력의 명인이 성험으로 체득한 감각이니 새겨듣지 않을 수 없었다. 두 번째는 찻물이 좋아야 그윽한 차맛을 발현할 수 있다고 한다.

"제 경험입니다만 지리산이나 백운산 계곡물, 또는 오대산 우통수 샘물이 찻물로는 최고라고 생각합니다."

유 선생이 사용하는 찻물은 백운산 계곡물. 과연 차를 한잔 마셔보니 그가 이야기한 대로였다. 입안에 향기롭고 맑은 기운이 은은한 무게로 감돌았다. 잠시 후에는 심신이 개운하게 정화되는 듯했다. 차야말로 행복한 치유의 물방울(Healing Water)이라는 생각이 들었다. 초여름이 잰걸음 하는 날의 차나들이였지만 그래도 잘 나섰다고 스스로를 위안했다. 지나가는 봄날에 마시는 차이므로 '과춘차(過春茶)'라고 재미있는 이름도 붙여보았다.

때마침 내 산방에서 가까운 보성에서는 '다향대축제'가 열리고 있다. 이왕 차나들이가 늦어졌으니 이삼 일 후쯤 축제현장에 가서 보성차를 음미할 계획이다. 보성차의 역사는 깊다. 조선시대에는 갈평과 웅점에 차를 만들어 진상하는 다소(茶所)가 있었다고 전해진다. 그때는 육조의 관원들이 일과를 시작하기 전에 차 마시는 시간인 다시(茶時)와 관청마다 차방인 다시청(茶時廳)이 있었던 것이다. 맑은 정신으로 일하자는 취지에서 다시를 두었다고 한다. 이런 사실을 아는 이가 얼마나 될까? 이 같은 다시를 복원한다면 추락을 멈추지 않는 나라의 격이 조금이라도 올라가지 않을까? 허백련 화백은 '차를 많이 마시면 나라가 흥한다'고 했고, 초의선사는 구도의 길을 묻는 젊은 승려들에게 '차를 마시면서 어찌 도를 이룰 날이 멀다고 하는가!'라고 꾸짖기도 했다. 여기서의 도는 추상적인 말이 아니라 '나를 행복하게 하는 지혜'이다. 그러니 차를 마신다는 것은 음다흥국(飮茶興國)의 길이고 내가 행복해지는 일이 아닐까 싶다.

　녹차 관광수도라고 자랑하는 보성군만이라도 먼저 다도전통을 되살리는 차원에서 다시회복(茶時回復) 운동을 펼쳐 방방곡곡에 메아리쳤으면 좋겠다. 지난 금요일에는 복산(福山) 윤형관 선생이 내 산방을 찾아왔다. 윤 선생은 보성 봇재에 있는 자신의 차밭을 차 생산은 물론 힐링을 위한 공간으로 만들고 싶어 했다. 선생의 차밭 이름은 명량다원. 이순신 장군이 수군을 재건하면서 보성 봇재를 넘어갔다고 하여 그렇게 작명한 듯했다. 실제로 이순신 장군은 보성 봇재를 넘어가 회령진에서 배설에게 배 12척을 받아 명량대첩에서 대승했던 것이다.

　나는 윤 선생에게 차밭에 역사와 예술, 두 가지 옷을 입히라고 조언했다. 역사는 차밭에 혼을 불어넣을 것이고, 품격을 높여주는 촉매는 예술일 터. 차밭에 이순신 동상을 세워 애민의 혼을 살려내고, 다시공원(茶詩公園)을 조성해 옛 선비들의 멋들어진 낭만과 정신을 닮아보자는 바람에서였다. 윤 선생은 나의 조언을 기꺼이 받아주었고, 그래서 나는 그의 호처럼 복이 산처럼 쌓이기를 바랐다. 물론 복이란 것도 총량이 있어 베푼 만큼 돌아오는 인과이긴 하지만 말이다.

이불재 여름

요즘 나는 슈바이쳐 박사가 한 얘기에 동감하고 있다.

'나는 나무 잎사귀 하나라도 의미 없이 함부로 뜯지 않는다.

한 줄기의 들꽃도 꺾지 않는다.

벌레도 밟지 않도록 조심한다.

여름밤 등불 밑에서 일할 때,

날벌레들이 날개가 타서 책상 위에 떨어지는 것을 보기보다는,

차라리 창문을 닫고 무더운 공기를 호흡한다.'

고요한 아침식사

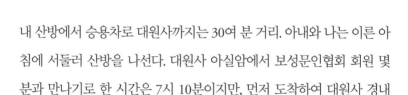

내 산방에서 승용차로 대원사까지는 30여 분 거리. 아내와 나는 이른 아침에 서둘러 산방을 나선다. 대원사 아실암에서 보성문인협회 회원 몇 분과 만나기로 한 시간은 7시 10분이지만, 먼저 도착하여 대원사 경내를 산책하고 싶어서다.

내 산방 옆에 있는 쑥고개를 지나 화순과 보성의 경계를 짓는 개기재를 넘는다. 초여름의 햇살이 정면에서 비치니 눈이 부시다. 내가 태어난 바람재마을 느티나무 고목도 보인다. 태를 자른 마을을 지나며 상념에 잠긴다. 고향에서 자란 기간은 고작 1백여 일. 한국전쟁 중에 갓난아기였던 나는 부모를 따라 제주도 대정으로 갔던 것이다. 이제 느티나무 고목 옆의 생가는 사라지고 없지만 60대 중반을 넘어선 나라는 실존이 기적이란 느낌이다. 대학시절에 동인활동을 했던 시인 친구 두 명은 벌써 하늘의 부름을 받았으니 말이다. 기적이란 제행무상

(諸行無常)이 피워낸 꽃이 아닐까도 싶다. 그 꽃의 향기와 크기는 우리들 삭사의 몫일 터이고.

어느새 나는 대원사 가는 왕벚나무 길로 들어선다. 벚꽃이 만개한 왕벚나무 길은 상춘객들의 명소이다. 지척에 살고 있지만 몇 해 전에 한번 와본 뒤 오늘 처음이다. 그날 인해(人海)에 떠밀려 벚꽃을 완상하지 못하고 사람구경만 하고 말았다. 지금은 왕벚나무 길에 나무 그림자가 물무늬처럼 일렁이고 있다. 아침 해와 왕벚나무가 만나 호젓한 길에 나무 그림자를 그려놓았다. 벚꽃만 아름다운 줄 알았는데 그게 아니다. 나무 그림자들이 신비롭고 그윽하다. 문득 일제강점기부터 호남화단을 이끌었던 오지호 화백이 떠오른다. 나는 어린 시절에 그분이 개설한 서당에서 한문을 배운 적이 있는데, 그분의 작품 〈남향집〉은 청색의 나무 그림자가 주요 제재이다. 나무 그림자가 난반사하는 빛의 조화로 푸른빛을 띤다는 것을 알려준 그림이다.

대원사 아실암 뜰에는 벌써 아침 식탁이 차려져 있다. 대원사 회주 현장스님이 찰밥과 아욱국, 부추간장을 내놓았고 후식으로 딸기와 군고구마가 올라온 단출한 식탁이다. 보성문인협회 회장인 이남섭 시인의 제안으로 이루어진 만남인데 낙향해서 처음으로 경험해보는 산사의 고요한 아침식사다. 히말라야 동쪽의 나라 부탄에 갔을 때 어떤 분이 내게 "부탄의 고요를 가지고 가십시오"라고 권유했던 말이 떠오른다. 아실암 뜰의 식탁에도 산사의 고요가 함께하고 있는 듯하다. 선(禪)이란 거창한 것도, 관념적인 것도, 선객들의 전유물도 아니란 생각이 든다. 글자 그대로 고요한 자리가 바로 선이 아닐까 싶다.

마침 대원사 티벳박물관에서는 '어린 왕자 특별전'이 열리고 있다. 프랑스 생텍쥐페리 재단의 협조와 허락을 받아 열리는 전시회인데 우리나라에서는 세 번째라고 한다. 일행은 현장스님의 안내로 대원사 티벳박물관 지하 전시실로 내려간다. 알다시피 『어린 왕자』는 어린 왕자가 여섯 개의 별을 여행하고 돌아와 사막에서 만난 여우로부터 깨달음을 얻게 된다는 이야기이다. 『화엄경』의 '입법계품'에 나오는 선재동자가 53명의 선지식을 찾아다니는 서사구조를 연상하게 하는 동화이다. 전시실 입구에는 어린 왕자에게 보내는 법정스님 편지가 소개돼 있다. 편지를 보면 법정스님이 어린 왕자의 목소리를 어째서 '영혼의 모음'이라고 했는지 이해할 수 있다. 벽면에는 『어린 왕자』에 나오는 인상적인 구절들이 화두처럼 적혀 있다.

'미래에 관한 한 그대의 할 일은 예견하는 것이 아니라 그것을 가능케 하는 것이다.'

'사막이 아름다운 건 어딘가에 샘물이 숨겨져 있기 때문이야.'

너무 오래전에 읽었으므로 기억나지 않을 줄 알았는데 마치 누군가가 옆에서 두런두런 이야기해주는 것 같다. 동화의 구절들이 가지고 있는 내재율 때문이리라. 산문의 내재율이란 심장 박동 같은 것이 아닐까? 영혼을 일깨우는 율동이 아닐까? 그렇다. 『어린 왕자』는 단순한 동화가 아니라 철학적인 장시(長詩)라는 생각이 든다. 60대 중반을 넘어서야 실감하는 발견이니 한참 늦은 셈이다. 산방으로 돌아오는 길의 나무 그림자가, 여우가 어린 왕자에게 건네는 양 홀연히 입을 연다.

'네 비밀을 알려줄게. 정말 중요한 것은 눈에 보이지 않아. 마음으로 보는 거야.'

눈 속의 눈으로 보니 나무 그림자에도 벚꽃이 피고 지는 듯하다.

칡덩굴의 탐욕

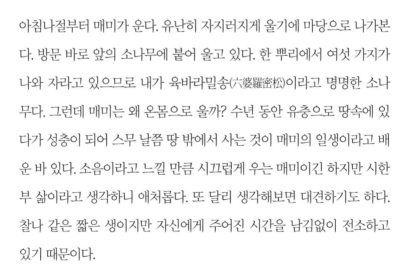

아침나절부터 매미가 운다. 유난히 자지러지게 울기에 마당으로 나가본다. 방문 바로 앞의 소나무에 붙어 울고 있다. 한 뿌리에서 여섯 가지가 나와 자라고 있으므로 내가 육바라밀송(六婆羅密松)이라고 명명한 소나무다. 그런데 매미는 왜 온몸으로 울까? 수년 동안 유충으로 땅속에 있다가 성충이 되어 스무 날쯤 땅 밖에서 사는 것이 매미의 일생이라고 배운 바 있다. 소음이라고 느낄 만큼 시끄럽게 우는 매미이긴 하지만 시한부 삶이라고 생각하니 애처롭다. 또 달리 생각해보면 대견하기도 하다. 찰나 같은 짧은 생이지만 자신에게 주어진 시간을 남김없이 전소하고 있기 때문이다.

며칠 동안 알 수 없는 피부병으로 힘들었는데 이제는 살 것 같다. 땀띠이거나 개 몸에서 옮겨 온 진드기 알레르기이거나 풀독 같은 것이 원인인 듯했다. 밤중에 자다가 나도 모르게 긁다 보면 가려움이 해소

되기는커녕 더욱 배가되어 잠이 달아나곤 했다. 다행히 알고 지내는 한의사의 조언내로 하루에 2리터 성노 물을 마셨더니 지금은 가려움증이 많이 가신 상태다. 몸속의 독이 빠져나갔는지 불긋불긋한 살갗의 반점도 거의 사라지고 없다. 아내도 나에게서 전염된 듯 가려움증을 호소했으나 나와 같이 물을 많이 마시고 나았으니 일단 효과는 있었다고 봐야 옳겠다. 가려움증에 물마시기가 과학적으로 검증된 치료법은 아니지만 말이다.

병원이 먼 산중에 살려면 무엇보다 응급치료의 경험이 쌓여야 한다. 며칠 동안 밤잠을 설치게 했던 피부병의 원인이 무엇이었는지 알아야만 고생을 되풀이하지 않기 때문이다. 첫 번째로 의심했던 땀띠는 아닌 것 같다. 산중에는 청량한 바람이 있어 한낮에도 산방에 큰 대(大)

자로 누워 있으면 배가 서늘해질 정도이다. 두 번째로 의심했던 진드기 알레르기도 아닌 듯하다. 아내는 두 번째라고 우기지만 나는 동의하지 않고 있다. 올해로 아홉 살이 된 검둥이 몸에 붙어 피를 빨아먹고 사는 진드기를 나는 눈에 보이는 대로 떼어주곤 했는데, 그런 과정에서 피부병이 생겼다는 주장이나 받아들일 수 없다. 왜냐하면 지난해에도 검둥이 몸에서 진드기를 떼어주었음에도 그때는 아무렇지 않았기 때문이다. 참고로 우리 집 검둥이 이름은 '지장이'다. 나는 손님들에게 지장이를 쓰다듬어주면 사는 동안 지장이 없을 것이라고 너스레를 떨곤 했다. 그런데 지장이를 만진 손님 중에 피부병을 앓았다는 사람은 아직 아무도 없으니 아내의 주장이 과한 것이다. 결론적으로 나는 세 번째에 심증을 두고 있다. 풋고추를 따러 끼니때마다 풀이 무성한 고추밭을 드나들었으며, 산방 앞 산자락에 이식한 배롱나무를 친친 감고 올라가는 칡덩굴을 보고는 맨손으로 제거작업을 했던 것이다. 작업 중에 억새 같은 풀들이 팔뚝을 스치면서 풀독이 올랐지 않나 싶다.

　나무를 옥죄는 칡덩굴을 보고서도 외면할 사람이 어디 있을까! 칡덩굴에 붙들린 나무는 시들시들 고사해버린다. 칡덩굴에게 공존공생이라는 것은 없다. 남이야 죽든지 말든지 나만 살자는 식이다. 장맛비가 그친 사이에 산자락을 가보니 또 다른 칡덩굴이 올봄에 심은 수양벚나무에 기어오르고 있다. 수양벚나무가 숨이 막힌다고 아우성치는 것 같다. 풀독이 오르더라도 또다시 산자락으로 올라가 칡덩굴을 쳐내야겠다. 그리고 보니 상생에 반하는 악행이 산자락에만 있는 것은 아닌 듯하다. 일부 사회지도층 인사들의 특권의식과 탐욕을 보면서 과연 그들에게, 일자리가 없어 절망하는 사람들에 대한 최소한의 예의가 있기나 한 것인지 묻지 않을 수 없다.

1004 달러

소록도로 가기 위해 간단하게 점심을 먹는다. 김밥은 아내가 아침에 만들어놓은 것이다. 소록도는 승용차로 내 산방에서 1시간 정도의 거리이니 서두를 필요는 없다. 그러나 기상예보를 보니 비 소식이 있어 마음이 좀 급해진다. 가뭄 끝이므로 논밭의 작물들에게는 감로수이리라. 며칠 전부터 텃밭에 물을 주곤 했던 얼치기 농사꾼인 나의 수고도 덜어질 것이다. 조금 전에도 텃밭에 다녀왔지만 가뭄에 시들시들하던 고추와 가지, 아욱 등이 응급치료를 받은 환자처럼 이제는 조금 풋풋해진 듯하다.

소록도는 한센인과 성직자, 의사와 간호사, 자원봉사자들이 살고 있는 섬이다. '작은 사슴 섬'인 소록도는 내 산방과 지척에 있으니 그분들이야말로 이웃사촌인 셈이다. 한센인에게 43년간 봉사하고 오스트리아로 떠난 마리안느 스퇴거와 마가렛 피사렉 두 분은 이 지상에 잠시 내려온 천사가 아닐까 싶다. 20대 후반의 꽃다운 나이에 자원봉사자

간호사로 와서 70세가 넘어 떠날 때 두 분이 남긴 말은 단 한마디였다. '헤어지는 아픔을 줄까 봐 말없이 떠납니다.'

문득 재작년 가을이 떠오른다. 오스트리아 '코닉 추기경 하우스'로 강연하러 갔을 때, 나를 초청한 분에게 마리안느와 마가렛을 뵈려고 하니 주선해달라고 부탁했었다. 마침 아내가 비엔나 '암파크 갤러리'에서 도예초대전 중이었으므로 온 김에 두 분에게 도자기를 선물하고 싶어서였다. 그러나 알프스 산 밑의 인스부르크 시에 사시는 두 분과 연락이 닿았음에도 만남은 무산되고 말았다. 마가렛은 치매 치료 중이었고, 마리안느는 나서기를 꺼려했기 때문이었다.

두 분은 수녀가 아니므로 수녀원 생활을 하지 못한 채 친척의 도움을 받고 있는 것 같다는 얘기를 전해 들었는데 안타깝기 그지없었다. 그런데 가뭄 끝에 내리는 단비처럼 희소식이 들렸다. 고흥군에서 두 분에게 매월 1004달러씩 노후생활 안정자금을 지원하게 되었다는 소식이었다. 2026년 10월까지 10년간 지원한다고 해서 혼자 박수를 쳤다. 1004달러에다 고흥군민의 따뜻한 마음까지 보태졌으리라 생각하니 고흥 가는 길이 행복하기만 하다. 녹동항까지 뻥 뚫린 외길 곳곳에 고흥을 자랑하는 홍보문구가 눈길을 끈다. '지붕 없는 미술관 고흥', '우주항공 중심도시 고흥'. 바다를 배경으로 한 승경(勝景)과 나로도의 우주센터를 홍보하려고 내건 광고판일 것이다.

소록대교를 건넌 뒤 주차장을 지나자마자 왼편 언덕 위에 두 분이 살았던 단층 벽돌집이 보인다. 과묵한 낙락장송들이 묵상 중이다. 소

소록도의 천사, 마리안느와 마가렛이 살았던 집.

록도본당 신도이자 '마리안느, 마가렛 사택' 관리자인 서(徐)스텔라 님이 현관문을 열어준다. 신발상 위에 두 분께서 바닷가를 산책하면서 주워온 소라고둥, 조개껍질, 조약돌 들이 있다. 작은 거실은 외국인이 사용했던 공간이라고 믿기지 않는다. 벽에는 매화나무가 그려진 한국화와 '일소일소 일노일노(一笑一少 一怒一老, 한 번 웃을 때마다 젊어지고 한 번 화낼 때마다 늙는다)'라고 쓴 액자가 걸려 있다. 두 분이 남기고 간 카세트와 테이프들이 있기에 아무 곡이나 들어보기를 청하자, 서스텔라 님이 테이프 하나를 빼서 틀어주는데 놀랍게도 국악 명상음악이다.

"저는 81년부터 뵀는데 마리안느 큰 할매는 육자배기를 좋아하셨어요. 저 액자는 마가렛 작은 할매가 성모병원에 입원했을 때 수녀님한테 선물 받은 거고요."

"우리나라 정서에 깊이 동화된 분들이군요."

두 분의 침실은 각각 세 평 정도다. 마리안느 방의 유리창으로는 낙락장송이 보이고, 마가렛의 창호에는 '하심(下心)과 사랑'이란 글씨가 붙어 있다. 이곳을 왕래하던 천등산 금탑사 비구니스님이 써준 글씨라고 한다.

두 분이 살았던 집은 현재 헌신과 봉사의 삶을 기려 등록문화재 제660호로 지정돼 있고, '마리안느, 마가렛 사택'이라는 패가 붙어 있다. 나는 이곳을 '천사의 집'이라 부르고 싶다. 천사는 구름 위가 아니라 지상에 있어야 한다고 갈망해서이다. 어제 비가 내렸던지 땅은 촉촉하나 하늘은 푸르다. 오스트리아에 있었을 때 비 갠 뒤 해가 나자, 어느 파란

눈의 수녀분이 '천사가 소풍 가는 날'이라고 말했던 것이 생각난다. 두 분이 후원 받아 지은 숲 속의 결핵병동과 호젓한 치유숲길로 언젠가는 두 분의 맑은 영혼이 소풍 올 것만 같다.

더울 때는 더위 속으로

비가 2주 남짓 이삼 일이 멀다 하고 내리기를 반복하고 나니 내 산방 마당은 풀밭으로 변해버렸다. 텃밭으로 난 길도 개망초 천국이다. 개망초 꽃을 감상한다는 것은 한가한 소리다. 할 수 없이 나는 이십여 리 밖에 사는 김 농부를 전화로 부르고 말았다. 풀들이 웃자란 탓에 내 산방은 폐가 같고 문을 열어두어도 꿉꿉하기만 하다. 버스를 타고 올라온 김 농부가 미안해한다. 작년 이맘쯤에는 예초기를 들고 두 번 작업했는데 올해는 장대비가 자주 쏟아지곤 해서 한 번도 풀을 베지 못한 것이다.

예초기를 다루는 김 농부의 솜씨는 신기에 가깝다. 마당은 물론 산방 둘레를 스님들 삭발하듯이 개운하게 깎아버린다. 나는 예초기 같은 기계 작동에 서툴러서 아예 손을 대지 않는데 김 농부는 무딘 날을 바꾸어가면서 목표치를 해낸다. 내가 하는 일이란 베어낸 풀을 갈퀴질해 나무둥치로 옮기는 정도다. 물론 김 농부에게 실수가 없었던 것은 아니다. 작년 여름에 화분 두 개와 산방 뒷문 대형 유리창 한 장을 깬 적이 있다. 고속 회전하는 예초기 날에 돌멩이가 부딪쳐서 튀어 오른 사고였다. 화분은 버렸지만 고가인 유리창은 깨진 부분에 한지를 발라 그대로 사용하는 중이다.

그런데도 나는 김 농부를 탓해본 적이 없다. 미소 지으며 작업하는 모습을 보면 그런 생각이 싹 가셔버린다. 김 농부의 부주의가 아쉽기는 하지만 고마움이 더 큰 것이다. 나와 김 농부는 전생에 한 식구였는지 모른다. 공생이나 갑을로 설명할 수 없는 관계라고나 할까? 김 농부는 몇 년째 내 산방 일을 돕고 있는데, 내가 이래라저래라 시키는 것이 아니라 스스로 알아서 한다. 김 농부는 자신의 컨디션에 따라 한나절만 짧게 일하기도 하고 해 질 무렵까지 마무리할 때도 있다. 임금 수첩도 김 농부가 가지고 다니면서 일정 금액에 달하면 내게 알린다. 커피 같은 음료도 김 농부가 산방 부엌으로 주인처럼 들어와 찾아서 타 먹는다. 서로 역할이 바뀐 느낌이 들 때조차 있지만 나는 개의치 않는다.

김 농부와 나는 서로 좋아하고 존경하는 사이다. 나는 김 농부를 언제나 '김 선생님'이라고 부른다. 소설가인 나보다 더 입담이 좋고 유머 감각이 뛰어난 농부다. 조금 전에도 나는 김 농부가 쉬는 동안에 한두 가지 이야기를 듣고는 감탄했다. 내가 '법꾸라지'라는 민망한 속어를 꺼내자, 김 농부가 믿거나 말거나 장어와 미꾸라지 이야기를 한다. 장어나 미꾸라지가 미끄러운 까닭은 진흙 속에 살기 때문이란다. 진흙을 뚫고 다니려면 미끄러워질 수밖에 없다고 한다. 식당의 수족관으로 옮겨진 장어나 미꾸라지는 미끄럽지 않을 거라는데 확인해보고 싶다. 이처럼 나는 김 농부한테서 '무료강의'를 듣곤 하는데, 도시의 생계형 강의꾼들 이야기보다 더 생생하고 날것이라서 솔깃해진다.

내가 맞장구를 치면 김 농부는 자신의 경험담을 더 들려준다. '새 머리'가 나쁜 줄 아는데 절대로 그렇지 않다고 한다. 새들에게 먹이가 부족한 시기는 불볕이 기승을 부리는 한여름인 모양이다. 김 농부가 어치나 물까치가 고추 속의 씨까지 파먹는 것을 보고 허수아비를 만들어 세웠더니, 새들이 허수아비 머리에 앉아서 어느 고추가 익었는지 살펴본 뒤 고추씨를 파먹더란다.

"새 머리라고 욕하는 사람이 있는디 새를 무시한 말이그만요. 꿩 새끼도 영리해요. 상수리 잎사구를 물고 도망가다가 그것으로 자기 몸을 숨기드랑께요."

내가 풋고추들 틈에서 붉은 고추 몇 개를 땄다고 자랑했더니, 이번에는 김 농부가 맞장구를 친다. 요즘 날씨처럼 30도가 넘어야만 고추가 약이 올라 매워진다고 한다. 고추는 불볕더위와 맞서면서 비로소 고추다워진다는 것이다. 김 농부의 무료강의를 듣다가 나는 문득 중국의 동산선사가 남긴 일화를 떠올렸는데, 그런 내가 생뚱맞게 여겨져 웃고 만다. 어느 날 젊은 승려가 선사를 찾아와 물었다.

"덥고 추울 때는 어찌해야 합니까?"

"더울 때는 더위 속으로, 추울 때는 추위 속으로 들어가라."

더위를 피할 것인지, 더위와 맞설 것인지는 받아들이는 사람의 태도와 몫이 아닐까 싶다.

길고양이의 보은

저수지 쪽으로 산책하다가 산골짜기에서 가끔 길고양이와 마주치곤 했다. 한 마리는 검은색이고 또 다른 녀석은 갈색인데 두 마리 다 비쩍 말라 홀쭉했다. 산속에서 먹이라고는 날지 못하는 다친 새나 들쥐밖에 없었을 터. 늘 굶주린 모습인 녀석들은 나를 경계하여 슬금슬금 숲 속으로 숨곤 했는데 그때마다 마음이 짠했다. 눈인사라도 나누고 싶어 다가서면 더 멀리 도망쳤다.

나와 낯이 익어서일까? 지난달부터는 검은 길고양이가 내 산방을 드나들기 시작했다. 녀석은 절대로 앞마당으로 들어오지 않았다. 의심이 많아서인지 뒤쪽 담을 타고 넘어와 부엌을 기웃거리다 사라졌다. 측은한 마음이 들어 사발에 생선을 놓아주어도 처음에는 잘 먹지 않았다. 이리저리 어슬렁거리다가 돌아가곤 했다. 그러나 불볕더위에 시달렸던지 요즘에는 태양광 패널 그늘에서 대담하게 휴식을 취했다. 뱀을 물고 와 자랑하듯 패널 그늘에 놓고 가기도 했다. 녀석은 내가 무엇을 저어하는지 잘 모를 수밖에. 산중생활 24년이 됐지만 아직까지도 정을 붙이지 못한 생명이 있다면 혀를 날름거리는 뱀인 것이다.

녀석의 출현은 반갑지만 태양광 패널만 보면 답답해진다. 세 달째나 무슨 기기가 고장 났는지 전력을 전혀 생산해내지 못하고 있다. 작년 여름에는 한 달에 5, 6만 원어치 전기를 생산했는데 지금은 무용지물이 돼 있다. 설치한 전기회사에 신고해도 감감무소식이다. 도회지라면 전기회사를 찾아가 문제를 삼았겠지만 산중이라 전화 말고는 항의할 수단이 없다. 폐업했는가 싶었지만 남자직원이 전화는 받고 있다. 후배에게 누진제에 대한 전화강의를 한 시간 동안 들은 바 있어 전기계량기 검침원을 마주칠까 두려울 뿐이다. 고액의 전기료를 물리려는 검침원을 피하고 싶은 것이다. 그러나 검침원은 오토바이를 타고 곡예를 하듯 달려온다. 햇살에 피부를 보호할 목적인지 복면 같은 망사수건으로 얼굴을 가리고 다닌다. 그렇다고 그가 밉상이라는 것은 아니다. 계량기에 문제가 발생하면 누구에게나 친절하게 설명해주는 사내다. 지

지난달에 태양광 계량기에 0이 찍혔다고 말해준 이도 그 사내였다. 0이 찍혔다는 것은 태양광 패널이 전기를 생산하지 못하고 있다는 증거였다.

어제는 전기 검침원을 마당에서 마주치고 말았다. 그런데 그때 또 검은 길고양이가 제법 긴 뱀을 물고 왔다가 놓고 갔다. 내가 혀를 끌끌 차자 검침원이 물었다.

"고양이에게 밥을 줍니까?"

"가끔 밥을 주지요."

"고양이가 제 딴에는 은혜를 갚으려고 뱀을 물고 온 것입니다. 고양이에게 밥을 주지 않는다면 뱀을 물고 오지 않겠지요."

검침하느라고 농가들을 드나들며 보고 들은 게 많은 그의 설명이기에 믿지 않을 수 없었다. 올해 아홉 살이 된 검둥개 지장이를 보니 그의 말이 맞는 듯하다. 지장이도 이따금 두더지나 뱀을 잡아 제집 앞에 보란 듯이 놓아두곤 했던 것이다. 나는 단순히 맹견 본능이 있어 그런 줄 알았는데 먹이를 챙겨주는 내게 보은한답시고 그랬던 것이 아닐까 싶다. 앞으로는 지장이가 살생할 때면 야단쳐 그러지 않아도 된다는 것을 알려줘야겠다.

물론 검은 길고양이나 지장이 처지에서는 내게 보은하고자 그랬을 터이다. 은혜를 잊지 않기는커녕 원수로 갚는 사람들이 얼마나 많은 세상인가! 이달 내 통장에서 빠져나갈 누진제 전기료에 대한 공포를 잠시나마 잊게 해준 길고양이의 보은이 새삼 고맙지 않을 수 없다. 내가 키지는 않았음에도, 집 안에 물어다 놓은 뱀을 집게로 집어 사립문 밖의 보이지 않는 풀숲에 버리고 왔지만 말이다.

참된 공생이란

피서객의 승용차들이 눈에 많이 띈다. 속도경쟁에 익숙한 도시 차들이어선지 좁은 산중 도로인데도 쌩쌩 달린다. 산책하는 나를 움찔거리게 하는 속도다. 나는 주눅이 들어 질주하는 차들을 피해 가능한 한 도로가에 붙어서 걷는다.

며칠 전 산책길에서는 끔찍한 광경을 목격했다. 먹이를 찾아 도로 위를 이동하던 뱀이 차에 치여 죽은 것이다. 아직 요령이 부족한 어린 뱀이라서 애처롭기까지 했다. 먹이를 구하려고 움직이다가 피서객의 차에 치여 졸지에 목숨을 잃은 어린 뱀이 측은해서였다. 자동차가 사람들에게는 문명의 이기이겠지만 죽은 뱀에게는 이 세상에서 가장 무서운 흉기였으리라. 죽은 뱀이 인간을 원망하는 것 같아 나는 녀석을 풀숲으로 옮기면서 다음 생에서는 좋은 모습으로 환생하라고 빌어주었다. 그러고 나니 마음이 좀 가벼워졌다. 아내는 징그럽다고 눈을 돌

나는 나무 잎사귀 하나라도 의미 없이 함부로 뜯지 않는다.
한 줄기의 들꽃도 꺾지 않는다. 벌레도 밟지 않도록 조심한다.
—슈바이처 박사

리더니 도망치듯 저만큼 앞서 걸었지만 나는 그런 식으로라도 '의식'을 치르지 않을 수 없었다. 인정사정없이 달리는 피서객의 승용차에 한 번 더 사고를 당할 수도 있기 때문이었다. 이미 죽은 생명이지만 한 번 더 차에 치인다면 고혼이 된 뱀의 원망이 배가될 것 같았다.

내가 풋풋한 시절에 입산 출가하지 못한 까닭은 만성적으로 열뇌(熱惱)가 많았기 때문인지도 모른다. 대학시절에 송광사 방장이셨던 구산 노스님을 친견하러 갔을 때, 노스님께서 내게 출가하여 깨쳐보라고 강권하셨지만 내 머릿속은 온갖 잡념이 들끓었다. 지금도 나는 종교심이나 자비심이 넘치는 사람 같지는 않다. 다만 산중에서 20년 넘게 살다 보니 미물들에 대한 애정이랄까, 외롭다 보니 마음이 좀 너그러워졌을 뿐이다. 내가 사는 이 산중은 나만 살기 위한 공간이 아니라 미물들과 더불어 공생하는 터전이라는 사실을 절감한 것이다.

서울에서 살 때를 되돌아보면 마치 견성성불을 한 것 같은 생각이 든다. 그때는 내 중심으로 하늘과 땅의 산 것들을 바라보았지만 이제는 그 모든 것들이 나와 함께 살아가는 공동운명체라는 자각이 든다. 이러한 자각도 나를 눈뜨게 하고 변화시킨 체험 중에 하나이다. 아무리 하찮은 미물이라 하더라도 살려고 하는 의지는 나와 마찬가지로 절실할 수밖에 없고, 그러기에 생명의 가치는 동등한 것이다. 요즘 나는 슈바이처 박사가 다음과 같은 얘기를 왜 했는지 동감하고 있다.

'나는 나무 잎사귀 하나라도 의미 없이 함부로 뜯지 않는다. 한 줄기의 들꽃도 꺾지 않는다. 벌레도 밟지 않도록 조심한다. 여름밤 등불 밑에서 일할 때, 날벌레들이 날개가 타서 책상 위에 떨어지는 것을 보기보다는, 차라리 창문을 닫고 무더운 공기를 호흡한다.'

슈바이처 박사 역시 자기중심에서 벗어나 아프리카 땅의 생명들과 일체가 되었기 때문에 생명들의 동등한 가치를 터득하지 않았을까 싶다. 산중에서 정진하는 수행자가 왜 자기 몸을 불사르는 소신공양을 하고, 수행자들 대부분이 왜 4대강 개발을 반대할 수밖에 없는지 이제는 저잣거리 사람들이 생명의 본질적인 차원에서 이해해야 한다. 부처님 정법을 거론할 것도 없이, 강은 인간만을 위해 존재하는 것이 아니라 강의 모든 생명들이 더불어 사는 원천이기 때문이다.

내 산방에 와서 하룻밤 머물다 가는 사람들이 많아졌다. 나는 사람들에게 자연에 대해서 일부러 많은 얘기를 해준다. 어제 왔다 간 후배 부부에게는 어미꾀꼬리가 새끼꾀꼬리에게 노래 가르치는 얘기를 해주었다. 어미꾀꼬리 노랫소리는 기교가 넘쳐 구성지다. 트로트 가수 이미자 씨처럼 물 흐르듯 음을 자연스럽게 굴리고 꺾는 노랫소리다. 새끼꾀꼬리는 어미가 가르치는 발성연습을 한두 번에 따라 하지 못하고 날마다 반복하고 있다.

처음에 나는 어미가 새끼꾀꼬리를 가르치는 소리를 잘 구분하지 못했는데, 이웃 농부가 알려주어 무릎을 쳤다. 아내는 아침에 눈을 뜰 때마다 꾀꼬리 노랫소리를 듣는 것이 산중생활 중에 가장 행복한 순간이라고 말한다. 꾀꼬리 이야기를 듣던 후배 부부의 감동에 젖은 얼굴이 잊히지 않는다. 나는 『삼국유사』에 나올 법한 얘기가 아니냐며 꾀꼬리 얘기에 열을 올렸다.

내 산방으로 피서 온 손님들의 뒤치다꺼리로 피곤하기도 하지만 돌아간 흔적이 개운할 때는 내 마음의 티끌까지도 청소된 것 같다. 특히 아내의 직장동료였다는 함양 출신 이 선생 가족이 묵고 떠난 방을 가보니 다시 온다고 해도 진심으로 맞이할 수 있을 듯싶다. 머문 방은 물론 화장실 청소까지 말끔하게 하고 간 최초의 손님이었던 것이다. 평소의 살림살이를 그대로 흘리고 가는 손님들의 그림자도 천차만별이다.

외로움이 힘이다

7월 들어 산중을 떠나 일박을 한 곳은 제주도뿐이다. 나와 제주도의 인연은 갓난아기 시절로 거슬러 올라간다. 한국전쟁이 끝나기 전, 내가 태어난 지 백 일이 조금 못 됐을 때 어머니 등에 업혀 제주도로 갔던 것이다. 그때 아버지는 제주도에서 직업군인 생활을 하고 있었다고 한다. 그래서 나의 원적지는 제주도 대정읍 모슬포로 돼 있다. 제주도에서 찍은 유아기 사진이 두 장 있었는데, 어디로 사라졌는지 지금은 없다.

원하는 시간의 비행기 표는 이미 매진이다. 할 수 없이 배편을 알아본 뒤 완도항으로 나왔다. 그나마 배편으로라도 제주도에 갈 수 있게 된 것은 우연히 알게 된 지인 덕분이다. 그가 새벽같이 내 산방으로 승용차를 가지고 와 완도까지 운전해준 것이다. 일행은 나와 아내, 지인 부부와 그의 중학생 아들이다. 배표는 물론 제주도에서 일박할 숙소까지 지인 아내가 다 예매했다고 한다. 인터넷의 편리함은 산중에 사는 나한테까지 미치고 있는 셈이다. 지인 가족은 말 그대로 휴가이고, 나와 아내는 조금 다르다. 내가 찾아가는 곳은 서귀포 바닷가에 있는 '왈종미술관'이다.

왈종미술관은 이왈종 화백이 자신의 전 재산을 쏟아부어 개관한 미술관이다. 제주도에서 관립, 사립 할 것 없이 드물게 흑자를 내는 미술관 중 하나라고 한다. 내가 제주도로 가는 까닭은 왈종미술관에서 전시하는 내 조카이자 한국계 미국인인 김미리(Kim Mi Li) 특별전 〈바람과 돌과 해녀, 제주도 풍경들〉을 보기 위해서다. 조카는 미국 로드아일랜드 디자인대학을 졸업한 이른바 전업 작가이다. 인터넷으로 우리나라 풍속화가 신윤복과 김홍도의 그림을 접하고는 매료되어 한국행을 결심했다고 한다. 조카는 풀브라이트 장학금을 신청해 1년간의 수혜자가 되고 나서 6개월간 이화여자대학에서 한국화 기초를 익힌 바 있다. 그런 뒤 제주도로 내려가 5개월 동안 '21세기의 신윤복 김홍도'라고 별칭을 얻은 이왈종 화백의 지도를 받았다고 하니 조카의 화풍이 몹시 기대가 된다.

조카에게 이왈종 화백을 소개한 사람은 나였다. 이 화백과 나의 인연은 결코 가볍지 않다. 내가 샘터사에 다니던 1985년 무렵이다. 나는 이 화백에게 삽화를 자주 부탁했고, 그때마다 이 화백의 집이 있는 삼청동으로 가서 정담을 나누었던 것으로 기억이 난다. 이후 15년 정도 흘렀을까? 이 화백은 교수직을 미련 없이 던져버리고 제주도로 유배가듯 내려가 나에게 신선한 충격을 주었다. 그러고 보니 내가 서울생활을 청산하고 남도 산중으로 낙향한 이면에는 이 화백의 영향도 적잖았던 것 같다.

　여행하는 데 배를 이용할 만하다는 생각이 든다. 잔잔한 바다와 파도의 율동을 보는 것도 심심치 않다. 제주항까지 소요시간을 합산해 보니 총 2시간 남짓이다. 조 박사가 승용차를 배에 싣고 와서, 섬 안에서 이동하기도 편리하다. 제주도의 가로수는 공작새 깃털 같은 이파리가 달린 종려나무다. 한라산 횡단도로를 넘어가니 바로 서귀포 시가지다. 왈종미술관에 들러 서양화와 한국화가 섞인 듯한 이색적인 조카의 그림을 감상한 뒤 우리 일행은 바닷가로 나가 조카의 그림 속에 있던 바다를 실제로 마주쳐본다. 때마침 파도가 엄청난 에너지로 몰려온다. 방파제 위로 물보라가 분수처럼 솟구친다. 산중에 살던 사람으로서 가슴이 뻥 뚫리고, 돌진하는 파도의 기운이 온몸에 충전되는 것 같다. 숙소로 돌아와 휴식을 취하고 나서 이왈종 화백이 초대한 식사자리로 간다. 호텔의 기름진 음식보다는 일가를 이룬 이 화백의 진솔한 이야기 맛이 오래 기억될 것 같다.

"제주에 처음 왔을 때 화실에서 열다섯 시간씩 작업했어요. 성직자들은 신도라도 있으니까 찾아오는 사람이 있잖아요. 나는 절저하게 혼자였고 외로웠어요. 화실에서 파리가 비상하는 것을 보고 외로움을 달랬지요. 나는 지금도 외로웠을 때 친구인 파리를 잡지 않아요."

나 역시 산중생활의 가치를, 도시에서 잃어버렸던 외로움을 되찾은 것에 두고 있다. 외롭기 때문에 글 쓰는 양이 배로 늘어났고 자연의 미물들과 더 가까워졌으니까. 그러나 많은 사람들은 외로움이 힘이 된다는 사실을 모른 채 두려워하는 것 같다.

달을 구경하다

아직 주위가 컴컴한 새벽 5시다. 서산 위에 보름달이 떠 있다. 며칠 동안 보지 못했던 별들도 또록또록 반짝이고 있다. 한가위가 하루 지났지만 달은 여전히 둥글다. 올해는 가을장마 탓에 보름달을 쳐다보지 못할 뻔 했는데 참으로 다행이다. 달구경을 더 하고 싶어 손전등을 켜들고 아래 절까지 산책하고 돌아왔다.

　달을 보니 돌아가신 법정스님이 떠오른다. 스님을 불일암에서 마지막으로 뵌 때가 10여 년 전 백중날이었다. 스님께서 서울 길상사에 들렀다가 불일암으로 오신 날이었는데, 올라가보니 상좌스님과 다담(茶談)을 나누시는 중이었다. 이런저런 이야기로 시간을 보내고서 늦은 오후가 되어 일어서려 하자, 스님께서 밤에 보름달이 뜨는 것을 보고 가라고 말씀하셨다. 그러나 나는 밤길 운전을 지레 걱정하여 산방으로 돌아오고 말았다. 돌이켜 생각하면 '불일암에서 보름달을 보면서 스님의 법문을 더 들었어야 했는데' 하는 아쉬움이 남는다.

지금 불일암에는 스님의 유언에 따라 맏상좌 덕조스님이 머물고 있다. 덕조스님에게 불일암에서 정진하라고 당부하셨던 것이다. 덕조스님이 부엌문으로 나와 나를 맞았다. 수류화개실로 들어가 차를 한잔하면서 앞문이 있는데 왜 부엌문으로 나오느냐고 묻자, 덕조스님은 "당분간 앞문을 사용하지 않을 겁니다"라고 답했다. 문득 스승의 그림자도 밟지 않는다는 옛말이 떠올랐다. 입적한 스승의 그림자마저 밟지 않으려는 덕조스님의 얼굴은 하얀거 정진의 뒤끝인지 해맑았다.

불일암을 떠날 때 나는 법정스님이 살아생전에 심은 후박나무를 안아보았다. 후박나무 껍질의 까칠하고 차가우면서도 부드러운 기운이 전해졌다. 후박나무는 스님의 내면과 외면을 모두 보여주는 나무였다. 스님은 얼굴 씻는 세숫대야와 손발 씻는 세숫대야도 구분해 사용할 정도로 당신 자신만의 질서에는 엄격했으나, 형편이 어려운 학생이나 스스로 자기 세계를 힘들게 일구며 사는 타인에게는 더없이 따뜻했다.

우리말에 '돌아가시다'라는 낱말이 있다. '돌아가시다'는 '윤회하다'의 우리말이다. 그러고 보면 죽음은 인생의 종착역이 아니라 간이역이 분명하다. 스님의 입적 무렵에 이르러 속가의 인척이 찾아와 '이제 스님을 만나려면 어디로 가야 하느냐'고 묻자, 스님께선 '불일암이나 길상사로 오라'고 하셨다. 실제로 불일암 우물이나 채마밭에는 스님의 그림자가 어른대는 것만 같다.

갑자기 어린 강아지 새끼들이 낑낑대는 소리가 난다. 열이틀 전에

낳은 검둥이 새끼들이 어미에게 젖을 달라고 보채는 소리다. 새끼들은 흰둥이가 세 마리, 검둥이가 두 마리, 바둑이가 두 마리다. 아직 눈은 뜨지 못하고 있지만 코는 까맣고 촉촉하기까지 하다. 개 코가 촉촉한 것은 건강하다는 징표다.

어미 검둥이의 이름은 지장이다. 불가의 지장보살에서 힌트를 얻어 지은 이름인데, 세상의 모든 생명에게 자비를 베푸는 보살이라는 그 의미를 떠올려보니, 작명을 잘했다는 생각이 든다. 검둥이는 헌신의 화신이다. 나의 수고란 고작 하루에 한두 번 밥을 주는 것뿐인데, 녀석은 종일 충직하게 내 산방을 지키면서 나를 볼 때마다 꼬리를 흔들며 반긴다. 개는 꼬리로 감정을 드러낸다고 한다.

내 산방의 검둥이처럼 꼬리를 세차게 흔드는 개도 드물 것이다. 단한 번이라도 내 산방을 방문한 사람이라면 예외 없이 열렬히 환영한다. 그러니 손님들에게 사랑받지 않을 수 없다. 검둥이의 새끼들은 벌써 주인이 다 정해져 있을 정도다. 내 산방을 자주 드나드는 사람들이 검둥이의 충직함을 알고는 욕심을 내왔던 것이다. 보성 미력면에 살면서 건축 일을 하는 지인이 암수 한 쌍을, 면소재지에서 가스를 배달하는 양 씨와 떡방앗간을 하는 오 씨가 색깔에 관계없이 한 마리씩, 그리고 산방의 농사일을 거들어주는 김 씨가 흰둥이나 검둥이는 싫증이 나니까 바둑이를 한 마리 달라고 이미 내게 부탁해놓았다.

여명에 드러난 검둥이 가족이 새삼 행복하게 보인다. 무슨 인연을 지어 내 산방에서 구물거리는지 어린 생명들이 신비롭다. 모든 생명은 살아 있는 그대로가 축복인데 오직 인간만이 생사를 구분 지어 웃고 우는 어리석은 존재가 아닐까 싶다. 서산을 다시 보니 어느새 달이 지고 없다.

이불재 가을

고개 숙인 벼들의 향기는 코를 자극하는 꽃향기와 달리 은근한 매력이 있다.

향기로울 향(香) 자는 벼 화(禾) 자에 날 일(日) 자의 조합이다.

가을 햇살에 익어가는 벼들의 향기야말로

1년 농사를 지은 농부들에게는 무엇보다 소중한 선물이다.

도자기의 환골탈태

내 산방 옆에는 황토로 만든 아내의 가마가 있다. 불이 들어가는 봉통과 봉이 너구리 굴처럼 생겼다고 해서 속칭 너구리가마라고 부른다. 봉이 일곱 개 정도 되면 용가마라고 하는데 안타깝게도 어느 지방에서나 차츰 사라지고 있다. 아내의 가마는 경주에서 도자기 공방을 운영하는 임병철 장인이 옹기도공 한 명을 내 산방으로 데리고 와서 보름 동안 숙식하며 지은 것이다. 임 장인은 어린 시절에 배고픔을 해결하기 위해 괴산의 한 도자기 공방으로 들어갔다가 평생의 업을 얻게 됐다고 한다. 그는 자신의 고백을 솜씨로 증명했다.

　장인의 경지란 평생을 업으로 해야만 겨우 얻어지는 것이 아닐까? 줄자 하나 없이 눈썰미로만 보름 만에 세 칸짜리 가마를 뚝딱 지어냈던 것이다. 무슨 일을 십수 년 했다고 세상 밖으로 나와서 대가인 양 자기 자랑하는 사람들을 보면 민망하지 않을 수 없다. 도자기 한 점의

겉과 속이 환골탈태하여 이 세상에 나오는 과정을 알게 된다면 자제하지 않을까도 싶다. 아내의 가마는 수년이 지났지만 아직도 튼튼하다. 매년 불을 때는 동안 가마 겉면에 균열이 손금처럼 났지만 수리할 필요는 없다. 고온에 틈이 벌어졌다가도 식으면 원상태로 오므라들곤 하기 때문이다. 사람으로 치자면 주름살 같은 것인데 가마가 보여주는 유일한 표정이라고 말할 수 있다.

가마에 유약을 바른 도자기를 넣고 불을 땔 때는 무엇보다 택일을 잘해야 한다. 비가 오지 않는 날이어야 하고, 바람이 불지 않아야 한다. 습하거나 바람이 짓궂으면 불의 온도가 잘 올라가지 않는다. 이는 하늘이 도와줘야 하는 영역이라고 할 수 있다. 또한 가마 안에 들어가는 기물은 형태적으로 온전해야 하고 장작은 2년 이상 마른 상태여야 한다. 날씨만 좋다고 도자기가 잘 구워져 나오는 것은 아니다. 불 때는 사람의 실력이 뒷받침돼야 한다. 가마 안의 고온을 유지하기 위해서는 불을 넣고 빼는 능력이 기본인 것이다. 자동차 운전은 일정한 시기가 지나면 초보딱지를 떼지만 가마의 불 때기는 다르다. 변인(變因)이 한두 가지가 아니다. 무박 2일 동안 여러 사람이 돌아가면서 불을 때는데 그중에서 불을 조절하는 사람을 불대장이라고 부른다. 아내 가마의 불대장은 내 산방에서 가까운 거리에 사는 산중마을 황 이장이다.

지난 월요일에도 아내는 지인들의 도움을 받으며 도자기 굽는 작업을 관장했다. 가마 불의 온도는 완전히 목측(目測)으로 판단하는데, 아내의 말을 빌리자면 장작 연기로 생긴 가마 안의 검댕이 사라지는 때가 400도, 붉은빛 속에서 파란빛이 드러날 때가 1200도, 선녀의 옷자락처럼 흰빛의 불길이 너울거릴 때가 1300도 이상이라고 한다. 가마 온도는, 화산의 용암이 800도에서 1200도라고 하니 의미심장하지 않을 수 없다. 비록 사람이 만든 인위적인 기물이지만 가마 안에서 용암처럼 자연으로 되돌아갔다고 볼 수 있는 것이다. 도자기의 아름다움 속에서 탈속한 자연의 무위(無爲)가 느껴지는 까닭은 바로 이런 과정이 있기에 그럴 터이다.

물론 가마 안에 들어간 기물이 다 살아 나오지는 않는다. 20~30퍼센트 정도의 기물만이 찢어지거나 일그러지지 않고 나온다. 이를 불의 심판이라고 하는데 요변(窯變)에 의해 신비로운 보석 같은 빛깔의 기물도 더러 생긴다. 그러나 그런 귀한 도자기의 출현을 결코 우연이라고 할 수는 없다. 버려지는 수많은 기물 가운데서 불이 선물한 행운이기 때문이다. 세상에는 공짜가 없다는 말을 실감하지 않을 수 없다. 공짜를 탐하다가 나락으로 떨어지는 사람들이 오늘도 언론 지면을 도배하고 있다. 도자기의 아름다움은 차치하고 자신의 인생을 위해서라도 정신 차렸으면 좋겠다.

초벌구이 도자기들은 1300도에서 '불의 심판'을 받는다.

아버지 이순신

내 산방을 찾는 손님들 중에서 기억나는 몇 분이 있다. 이해인 수녀님이 먼저 떠오르고 임권택 감독님도 생각난다. 해인사 원각 방장스님과 안국선원 수불스님, LS산전 구자홍 전 회장님도 잊히지 않는 분들이다. 유명인사만 다녀간 것은 아니다. 작가의 삶이 궁금해서 호기심을 갖고 찾아온 평범한 독자들이 훨씬 더 많다. 내 소설이나 산문집을 보고 머나먼 외국에서 온 손님도 있다. 어느 해 여름날 미국 캘리포니아에서 독자 한 분이 찾아왔고, 스위스 베른과 오스트리아 빈에서 온 분들은 세 번씩이나 다녀갔다. 그러고 보니 외국에서 온 분들은 공교롭게도 모두 여성분들이다. 내 책으로 맺어진 작가와 독자로서 정신적인 교유를 하고 있는 셈이다.

아마도 내 산방을 찾은 가장 독특한 손님은 노래하는 가수가 아닐까 싶다. 노래와 작곡을 병행하는 60대의 싱어송라이터 구자형 씨다.

그를 알게 된 지는 20년이 넘지만, 내 산방 손님으로 처음 온 것은 10년 전쯤 된다. 내가 남도 산중으로 내려온 뒤 그가 음반사업차 내 산방을 찾아왔던 것이다. 그때 그는 산중생활을 부러워하면서 낙향한 이야기를 가사로 써줄 수 없느냐고 제의했는데, 그때 만든 곡이 〈이불재 가는 길〉이다. 내가 써준 가사는 이렇다.

> 상처 받지 않은 이 누가 있으랴.
> 나 구름이듯 바람이듯 불어가 길 끝나는 곳에 지친 몸 쉬이네.
> 허공에 빗방울들 산봉우리에 떨어져 영산강이 되고
> 섬진강이 되는
> 깊고 깊은 계당산을 아시나요?
> 그 산 아래 이불재가 있다네.

한 달 전에 구자형 씨가 또다시 내 산방에 왔다가 하룻밤 묵고 갔다. 내가 3년째 집필 중인 대하소설 『이순신의 7년』을 위한 헌정 곡을 만들어 왔으니 내게는 뜻밖의 선물이었다. 선율을 들어보니 트로트풍으로 서민적이고 친근했다. 구자형 씨는 연주곡으로만 작곡했지만 가사를 붙이면 노래도 될 것 같았다. 더욱이 내가 집필하고 있는 이순신 장군의 캐릭터는 연전연승의 영웅이나 군신(軍神)이 아닌 자애롭고 속 깊은 아버지상이었으므로 잘 어울릴 것 같았다. 아버지상으로서의 이순신 장군은 내가 오랫동안 구상해왔던 캐릭터였던 것이다. 한국인의 어머니상으로서는 신사임당이 있지만 우리들의 아버지상이 누구냐고 물을 때 딱히 떠오르지 않았던 것도 내가 이순신 장군을 주목하게 된 이유 중의 하나였다.

저녁을 먹은 뒤 구자형 씨는 편안하게 자신이 작곡한 곡을 기타로 쳤다. 나는 선율을 듣고 그 자리에서 5분 만에 가사를 썼다. 수정하고 말 것도 없었다. 평소에 내가 생각하는 아버지로서의 이순신 장군이었으므로 쉽게 끝났다.

충청사투리 엄청 쓰시던 밥은 먹은 겨 아버지시여
싸우기 전에 밤을 새우며 새벽을 맞은 아버지시여
어머니 생각 간절 간절해 눈물 흘리던 아버지시여
사랑해요 사랑해요
고맙습니다 고맙습니다 우리들의 아버지
노량의 바다 나의 죽음을 숨기라 했네.

구자형 씨는 이순신 장군이 정말로 충청사투리를 썼냐고 물었다. 나는 이순신 장군 하면 다들 표준말을 근엄하게 쓰신 장군으로 아는데 그건 아니라고 답했다. 실제로 이순신 장군은 여덟 살에 충청도 아산으로 내려가 무과급제한 서른두 살 때까지 그곳에서 살았으니 당연히 충청사투리를 쓰지 않았겠느냐고 덧붙였다. 당시의 사투리는 요즘보다 더욱 질박하고 구수하지 않았을까도 싶다.

오늘 아침에도 구자형 씨의 전화를 받았는데 고흥에 와 있다고 한다. 이순신 장군이 처음으로 수군지휘관이 됐던 발포만호성에서 노래의 배경을 촬영하고 있다고 전해준다. 자신의 노래를 유튜브에 올릴 예정인데 영상감독은 소설가 고 김말봉 선생의 외손자란다. 구자형 씨가 작곡, 노래하고 내가 작사한 〈우리들의 아버지〉가 어떤 반응을 보일지 궁금하다. 많은 이들이 사랑해주었으면 좋겠지만 내 바람은 단순하고 소박하다. 이순신 장군도 명장이기 전에 한 인간이었다는 점을 알리고 싶은 것이다. 장졸들과 함께 막걸리를 한 잔 두 잔 마시고, 캄캄한 바다에 보름달이 뜨면 시를 짓고, 자식들 생각을 간절하게 했던 보통의 아버지였다는 사실을, 구자형 씨의 노래를 통해서 알게 된다면 그것만도 의미가 적잖을 것이다.

모든 생명의 가치는 같다

윗집에 사는 정 씨가 산방 앞을 지나가며 투덜거린다. 밤중에 멧돼지가 밭을 휘저어놓아 올해 고구마 농사는 망쳤다는 것이다. 추수 전에는 논에도 내려와 여문 벼를 쓰러뜨렸다고 아랫마을 농부가 허탈해하는 소리도 들었던 터라 멧돼지의 출몰이 반갑지 않게 들린다.

멧돼지의 피해가 전국에 걸쳐 발생하는 듯하다. 텔레비전 뉴스로 보도될 정도이니 농부들은 물론 전 국민의 관심사가 된 모양이다. 그런데 도심 골목까지 나타난 멧돼지는 영문도 모르고 쫓기는 범인 같다. 텔레비전 화면 속의 경찰은 멧돼지를 끝까지 추격하여 사살하고 마는데, 마치 선량한 시민들을 공공의 적으로부터 보호한 듯 의기양양하다. 언제부터 멧돼지가 도시민들에게 타도의 산짐승이 됐는지, 실제로 도시민들은 무슨 피해를 입었는지 궁금하다.

산중 농부들은 적의를 품고 있지는 않은 것 같다. 한 해의 고구마 농사를 망쳤는데도 "큰 것만 먹고 작은 것은 남겼그만요" 하며 곧 잊어버린다. 울타리 밖의 주인이라 하여 산짐승의 기득권을 은근히 인정하는 것이다. 자연 속에 살다 보면 엽기적으로 생긴 지네 한 마리도 죽이지 못하게 된다. 이것이 있으므로 저것이 있고, 저것이 소멸하므로 이것도 소멸한다는 연기의 도리가 시나브로 체화되기 때문이다. 하찮은 미물이라 하더라도 생명의 가치가 똑같이 느껴지는 것이다.

전국적으로 멧돼지 사냥이 허가됐다고 하는데, 내 산방 주변에는 '수렵금지구역'이란 현수막이 걸려 있어 다행이란 생각이 든다. 나도 도회지에서 살았다면 산짐승이나 미물의 생명에 대해 무감각했을지도 모른다. 산중에 살다 보니 방 안에 든 무당벌레 한 마리도 밖으로 내쫓지 못하게 되었다.

지난해에는 산책 나갔다가 누군가의 차에 치여 죽은 오소리를 발견하고는 그대로 지나치지 못하고 개울가에다 묻어준 적이 있다. 엉성하게 삽질을 하면서 내생에는 좋은 인연으로 환생하라고 빌어주었다. 산중에 들어와 살면서 그런 일이 많아졌다. 봄만 되면 흰 꽃가루를 날리어 재채기를 나게 하는 개밥나무를 벨 계획인데, 미안하여 지인에게 자문한 뒤 막걸리 두 되를 나무 밑동에 부어준 적도 있다. 그렇게라도 하면 개밥나무가 나를 원망하지 않을 것 같아서였다.

며칠 전에는 아찔한 사건도 있었다. 부산에서 월간지《맑은 소리 맑은 나라》를 발행하는 김윤희 대표와 편집부 직원들이 내 산방을 찾아와서, 밖으로 나가 저녁식사를 하고 돌아오는 길이었다. 나는 밤눈이

어두워 밤에는 가급적 운전을 하지 않는 편인데, 그날은 아내에게 맡기지 않고 내가 운전했다. 가을의 농촌 길에서 만나는 짐승은 대부분 오소리나 너구리, 산토끼, 고라니다. 고라니는 늘 만나는 길목에서 거의 같은 시각에 보고, 오소리나 너구리는 돌발적으로 마주친다.

부산 사람들과 저녁식사를 하고 돌아오는 길에서는 너구리 한 쌍을 만났다. 나는 들에서 산으로 돌아가는 너구리를 발견하고는 녀석들이 통과하도록 속도를 줄였다. 그런데 그때 갑자기 한 마리가 되돌아서더니 들 쪽으로 돌아가려고 했다. 나는 속도를 더 늦추며 너구리가 길을 통과하도록 배려해주었다. 옆자리에 앉은 아내에게 우스갯소리를 할 만큼 여유도 있었다.

"길을 지나가다가 부부싸움을 했나 보다. 그러니까 한 마리는 산으로 가고, 또 한 마리는 들로 가는 거야"

운전을 잘하여 너구리가 피해 보지 않았다는 생각에 나는 아내와 함께 동화를 썼다. 너구리 한 쌍이 준 상상력을 발휘하며 즐겁게 운전하면서 산방으로 돌아왔다. 그러나 나중에, 뒤따라오던 부산 식구들은 가슴이 철렁 내려앉았다고 입을 모았다. 앞서가던 내 차가 갑자기 속

도를 늦추자, 추돌사고를 일으킬 뻔했다는 것이다. 그것도 이중추돌이 아니라 부산 식구들이 탄 승용차 뒤에서 오던 차와도 부딪칠 뻔했다며 내 운전 솜씨를 타박했다.

그래서 나는, 나와 친해진 농부들이 즐겨 쓰는 속담 같은 말을 두어 가지 들려주어 그들을 위로했다. 힘 좀 쓰는 사람에게 모여드는 약삭빠른 이들을 '물 묻은 바가지에 깨 붙어가듯 한다' 하고, 신혼재미에 푹 빠져 있는 사람을 '나무칼로 귀를 베어가도 모른다'고 하고, 무엇이 아니라고 손사래 치는 모습을 '쇠발 떨듯 한다'라고 소개하자 모두가 "아, 그렇구나" 하고 소리 내어 웃었다. 사전에 있는 속담이 아니라 농부들의 삶 속에 살아 있는 싱싱한 말이기 때문이었다.

은목서 향기에 가을이 깊어가네

중국 호남성과 강서성에 소재한 선종고찰을 십여 군데 다녀온 지 일주일이 지났다. 안국선원 선원장 수불스님과 신도들의 순례에 동참한 선(禪) 여행이었다. 만리향(萬里香)이라고도 불리는 은목서 향기에 취한 여정이었는데, 내 산방 뜰에도 등황색 꽃이 만발하여 그 이름처럼 그윽한 향기가 만 리를 따라온 듯하다.

그런데 만 리를 건너온 것은 은목서 향기만이 아니다. 첫 순례지가 중국 오악 중 하나인 남악 형산의 마경대(磨鏡臺)였던바, 그곳의 선향(禪香)이 내 산방에도 한가득 충만한 것 같다. 뿐만 아니라 지금 사유하고 글을 쓰고 있는 내 책상 자리가 또 하나의 마경대라는 생각이 든다.

마경대 반석에는 조원(祖源)이란 한자가 음각돼 있었다. 나는 조원을 '조사(祖師)의 발원지'라는 뜻으로 이해했다. 우리나라 오대산 서대 염불암에 있는 우통수의 물 한 방울이 흘러 남한강이 되듯, 마경대에서 깨달음을 얻은 마조(馬祖)의 선이 천하에 퍼져 나갔기 때문이다. 더구나 통일신라 구산선문 중 무려 일곱 산문이 마조의 문하에서 흘러와 개창됐으니 마경대에 새겨진 조원이란 두 글자는 거듭거듭 보아도 그 의미가 심장했다.

불을 일으키는 부싯돌 세 줄기가 하얗게 박힌 두 평 남짓한 반석이 마경대라고 불린 것은 회양선사(懷讓禪師)가 마조를 다음과 같이 깨우쳐준 인연 때문에 붙여진 이름이 분명했다. 마조가 복엄선사(福嚴禪寺) 산내암자 격인 전법원(傳法院)에 머물고 있을 때였다. 마조는 밤낮으로 복엄선사와 전법원 가는 길 중간에 있는 낭떠러지 위의 경사진 반석에서 위험천만하게 좌선을 했다. 어느 날 젊은 마조를 유심히 보아온 복엄선사 방장 회양이 반석으로 올라가 물었다.

"그대는 왜 좌선을 하는가?"

"부처가 되려고 합니다."

그러자 회양이 기왓장 하나를 들더니 마조더러 보란 듯이 갈아댔다. 이번에는 마조가 물었다.

"기왓장을 왜 가십니까?"

"거울을 만들려고 하네."

"그런다고 기왓장이 거울로 바뀌겠습니까?"

그때 회양이 무섭게 일갈했다.

"기왓장이 거울이 될 수 없듯 좌선만으로는 부처가 될 수 없지!"

"어찌해야 합니까?"

"수레가 움직이지 않는다면 수레를 다그쳐야 하겠는가, 소를 다그쳐야 하겠는가?"

순간 마조는 마음이 초연해졌으며 회양의 법문을 다시 듣고는 깨달음을 이뤘다고 한다.

이처럼 문제를 해결하는 해답은 단순 명쾌하다. 또한 해결의 열쇠는 외부가 아니라 내부에 있다. 그런 맥락에서 마조가 깨닫게 된 계기는 우리에게 많은 것을 시사한다. 현실 속에서 무언가 얽히고 꼬였을 때 그것을 풀어나가는 결정적인 해답은 외부보다는 내부에 숨어 있다는 점이다. 그러고 보니 형산의 마경대는 천년이 지난 지금도, 환경에 길들여진 통념이나 스스로 담을 쌓은 아집의 덫으로부터 벗어나게 하는 사고의 전환을 요구하는 것 같다.

나흘 전이니까 지난 토요일이다. 나는 중국 여행의 여독이 풀리지 않은 상태에서 내 산방에 들른 손님들을 맞이했다. 손님 중에는 해군 사관학교 생도도 있었다. 그 생도는 한 달 전에 이미 이메일로 질문요지를 보내와 방문을 허락받은 풋풋한 24세의 청년이었다. 진해에서 대중교통을 이용해 오느라고 오후 5시쯤 느지막이 찾아왔다. 사관학교를 졸업하기 전에 나를 꼭 한 번 만나서 자신의 고민을 털어놓고 해답을 구해보겠다는 제복 입은 청년이 반갑고 사랑스럽기까지 했다.

아내가 소반에 과일을 담아 오자 그는 내 몫마저 씩씩하게 다 먹으면서 자신의 오래된 고민과 장래 진로에 대한 불안까지 솔직하게 고백했다. 농촌에서 자랐던 성장기의 어려운 환경도 얘기했다. 꿈을 이

어느 시인이 나의 첫사랑 같다고 고백했던 쌍봉사 대웅전

루기 위해 앞만 보고 달려온 생도의 의지와 틀에 갇힌 고지식한 선가의 좌선이 어딘지 흡사했다. 나는 생도에게 생(生)이란 '파도치는 바다'이니 거친 바다를 건너려면 결코 바다를 피해서는 안 되며 무슨 일에 직면했을 때 내면을 성찰하는 데 집중하라고 조언했다. 해답을 밖에서 찾지 말라고 했다. 내면을 관조하다 보면 풍랑의 바다를 건널 수 있는 지혜로운 자아가 발현되고 나의 참모습을 발견할 수 있을 거라고 말했다. 진정한 행복이 무엇이냐고 묻기에 임제선사의 말을 빌려 '서 있는 자리마다 주인공이 되고, 진리의 땅이 되게 하라'는 말로 대신했다. 무엇이 되기보다는 어떻게 잘사느냐가 중요한데, 목적에 집착하지 않고 순간순간 온몸으로 사는 무위진인(無位眞人)을 외친 임제선사의 말이 문득 떠올랐던 것이다. 생도는 의문이 풀렸다며 감개무량한 얼굴로 일어섰고, 나는 캄캄한 밤에 30리 밖의 간이역까지 그를 보내주었다. 마침 순천 가는 막차가 있었던 것이다.

어느새 내 산방의 관문인 사립문에도 가을이 깊어진 것 같다. 손님들을 말없이 맞아들이느라고 수고가 많았던 듯 여닫을 때는 삐걱하고 소리를 낸다. 창문 너머로 사립문 옆에 선 늙은 감나무를 보니 내 산방의 방장스님 같다. 늙은 감나무는 기왓장을 가는 대신 내 눈앞에서 때때로 낙엽을 떨어뜨린다. 아름답지 못한 작위(作爲)를 버리고 순리대로 비우면서 살라는 무위(無爲)의 법문이다.

고갯길이 인생길이다

나는 하루에 차를 몇십 잔씩 마신다. 손님과 날씨에 따라 발효차, 녹차, 보이차 등 차 종류가 달라진다. 햇살이 쨍한 날은 녹차, 손님이 초보자일 때는 발효차, 날씨가 쌀쌀해지면 보이차를 마시는 것이다. 최근에 북인도 라다크를 다녀왔는데 고산병의 후유증을 차와 물로 다스리고 있다. 라(La)는 고개, 다크(dakh)는 땅이라고 한다. 라다크라는 단어가 왠지 인생길과 동의어 같다.

며칠간 비실거리다가 이제야 겨우 일어나 산책하고 있다. 나의 산책 코스는 새로 생긴 저수지 백자쌍봉제 둘레길이다. 쌍봉제 앞에 백자란 말이 붙은 까닭은 이렇다. 저수지가 조성되면서 수몰되는 터에 17세기 초 무렵의 백자 가마터가 발견된 것이다. 문화재전문위원들은 남한의 민요(民窯) 중에서 가장 규모가 컸으리라고 추정했다. 우연이란 없다지만 아내도 백자를 만들고 있으므로 17세기 초에 살았던 도공들의 혼과 함께하며 더 관심을 가지게 되었는지 모른다.

며칠 동안 산책하지 못했는데 추수가 끝난 산중 다랑논들이 어느새 텅 비어 있다. 벼들이 누렇게 익은 다랑논들의 아름다움을 더 감상하지 못한 것이 아쉽다. 무위자연의 황금계단을 보는 듯 스스로 행복해했던 것이다. 뿐만 아니라 고개 숙인 벼들의 향기는 코를 자극하는 꽃향기와 달리 은근한 매력이 있었다. 나는 향기로울 향(香) 자가 벼 화(禾) 자에 날 일(日) 자의 조합이라는 것을 발견하고는 탄성을 질렀다. 가을 햇살에 익어가는 벼들의 향기야말로 1년 농사를 지은 농부들에게는 무엇보다 소중한 선물이었다.

이제는 산자락에 붉고 노란 단풍이 번지고 있다. 노란 단풍은 새들이 좋아하는 팽나무이고 유난히 붉은 비단 같은 단풍은 산벚나무이다. 벼를 베어낸 다랑논들의 모습이 다소 쓸쓸하지만 산벚나무 단풍이라도 볼 수 있으니 산책을 잘 나왔다는 생각이 든다. 나는 지금 늙은 환자처럼 천천히 걷는 중이다. 고산병 예방약을 복용하고 라다크의 고갯길을 올랐지만 후유증이 생각보다 오래가고 있다. 어떤 이는 한두 달 시달렸다고 하니 겁이 덜컥 나기도 한다. 다행히 차와 물을 자주 마심으로써 후유증이 많이 완화돼 이렇게 산책을 하고 있다.

실제로 라다크의 중심도시 해발 3,520미터의 레(Leh)에 도착했을 때 물을 10분 간격으로 홀짝홀짝 마셨다. 극도로 건조한 기후에 적응하기 위해서였다. 산소가 희박한 땅이어서 일행 중에 네 명은 병원으로 실려 갔다. 모두 저혈압으로 고생해온 사람들이었다. 나는 고혈압 환자였기 때문인지 그런대로 견뎠다. 물론 목욕하지 말 것, 식사는 적게 할 것, 보행은 천천히 할 것 등의 수칙을 지키면서 다녔다. 나는 다른 사람들보다 더 긴장했다. '정찬주 작가와 함께하는 북인도 하늘길 탐방'이라는 플래카드가 무색해질까 우려했던 것이다. 사실 나도 둘째 날 밤에는 병원신세를 져야 할 만큼 고통스러웠지만 겨우 참아냈다. 내가 쓰러지면 일행의 분위기가 바로 가라앉고 일정이 불가피하게 조정될지도 모르기 때문이었다.

그럼에도 여행을 떠나기 전부터 강력하게 원했던 판공초로 향하는 것을 포기할 순 없었다. 판공초는 인도판과 아시아판이 부딪칠 때 히말라야 산맥과 함께 솟구쳐 오른 해발 4,350미터에 위치한, 길이가 154킬로미터나 되는 거대한 소금호수였다. 나는 부탄에 갔을 때 해발 3,120미터 절벽의 탁상사원에 올라본 적이 있었으므로 자신만만했다. 그러나 나의 자신감은 곧 허물어지고 말았다. 판공초를 가려면 해발 5,360미터인 창라를 넘어야 했는데 만년설이 쌓인 그곳을 지나가면서 몸과 의식이 분리되는 듯했다. 갑자기 두통과 멀미증세가 나타났다.

가지고 간 비상약을 이것저것 먹으면서 겨우 버텼다. 그럼에도 하늘호수 판공초가 눈앞에 나타나자, 나는 감격에 겨운 나머지 엎드려 오체투지라도 하고 싶었다. 신성(神聖) 그 자체라고나 할까? 고개가 숙여지고 내가 얼마나 가벼운 실존인지 겸손이 절로 생겨났다. 지금 돌이켜보니 내 몸이 용광로 속을 들어갔다가 나온 느낌이다. 몸속의 잡철이 떨어져 나간 것 같은데 실제로 고질병이었던 찬 새벽 공기에 반응하는 비염이 라다크의 고갯길에 놀랐는지 현재까지는 사라져버린 상태다.

카잔차키스를 찾아서

며칠 전에 그리스를 다녀왔다. 제자 세 명이 희수를 맞이한 고우(古雨) 선생님을 모시고 떠난 여정이었다. 과장을 좀 하자면 은사와 함께한 10박 11일의 시간은 광속처럼 빠르게 흘렀고 그 순간순간은 광휘처럼 눈부셨다. 그리스 여행에 임하는 일행의 생각은 모두 차이가 났다. 평론가이신 은사께서는 문학청년 때 공부했던 헬레니즘 유적답사에 관심을 두었고, 기자 출신인 후배는 크레타 섬의 크노소스 궁터를 유독 가보기를 원했고, 광고 카피라이터인 후배는 신산한 삶으로부터의 해방을 즐기는 듯했다. 나는 일행이 바라는 곳을 따라가면서도 내심 크레타 섬에 있는 문호 카잔차키스의 묘를 보고자 갈망했다.

소설을 습작하던 대학시절, 카잔차키스는 내게 영감을 주었던 작가 가운데 한 명이었다. 카잔차키스의 대표작 『희랍인 조르바』는 나를 단박에 사로잡아버렸다. 머리로 만들어지는 이념은 물론 신마저 비웃으며 야성의 날것 그대로 살아가는 소설 속의 조르바는 오직 지금 이 순간에 자신의 전 존재를 다 던져버리는 인물이었는데, 열정과 흥이 끓어 넘치는 한국인의 성정과 흡사했던 것이다. 조르바의 행동은 '높게 오르려면 산꼭대기까지 오르고, 낮게 내려가려면 바다 밑까지 가라'는 불가의 금언을 연상시키기도 했다. 만약 내가 원효의 생에 대해 집필한다면 조르바와 비슷한 캐릭터로 쓰겠다고 구상했던 기억이 난다. 지금도 그 생각에는 변함이 없지만 이광수의 『원효대사』 이후 이미 두 작가가 원효를 주인공 삼아 써버렸기 때문에 자못 맥이 빠진 상태다.

아테네의 아크로폴리스 유적지를 들른 뒤였다. 나는 플라카 시장 노상카페에서 CNN 뉴스로 나오는 광화문 촛불집회 장면을 접했다. 광화문 거리가 아크로폴리스의 아고라 광장과 오버랩 되어 가슴이 찡했다. 처음에는 우리의 치부를 외국에서까지 보는 것 같아 부끄러웠지만 백만 명 이상이나 촛불을 들고 모였는데도 단 한 건의 사고 없이 마무리됐다는 뉴스에 한국인이라는 사실이 자랑스러웠다. 촛불집회가 피한 방울 흘리지 않는 촛불혁명으로 진화한다면 노벨평화상을 받아야 하리라는 생각도 들었다. 불안한 우리의 수도 서울처럼 민주주의 발상지라는 아테네 역시 빛과 그림자가 혼재해 있었다. 국가부도 사태를 맞은 아테네의 칙칙한 거리는 붉고 파란 스프레이로 휘갈겨 쓴 낙서투성이였다.

나는 아테네에서 카잔차키스의 고향인 크레타 섬에 도착한 뒤부터 다시 조르바를 생각했다. 카니아 포구에서 내린 나는 문득 깨달음을

'나는 아무것도 원하지 않는다. 나는 아무것도 두려워하지 않는다. 나는 자유다.'

—카잔차키스 묘비명

이룬 뒤 거추장스러운 승복을 벗고 삼수갑산으로 숨어들어가 보통 사람으로 생을 마친 경허도 떠올렸다. 원효나 경허는 절집 울타리 안에 갇히는 것을 거부하고 한 인간으로서 자유를 누리며 살고자 했던 인물이었으니 말이다. 카잔차키스 묘가 있는 이라클리온으로 가는 택시 안에서였다. 《문학사상》 창간에 간여했던 은사께서도 카잔차키스를 높게 평가하시고 있다는 것을 알았다. 《문학사상》에 연재된 〈희랍인 조르바〉를 읽었는데 오래전 일이라 소설 내용은 가물가물하다고 말씀하셨지만 나는 반가웠다.

마침내 택시 기사의 안내로 이라클리온 언덕의 카잔차키스 묘에 오른 일행은 깊은 감회에 젖었다. 나는 그리스어로 쓰인 묘비명을 보는 순간 전율했다.

'나는 아무것도 원하지 않는다. 나는 아무것도 두려워하지 않는다. 나는 자유다.'

인간생명의 존중선언 같은 묘비명은 카잔차키스 유언대로 부처가 남긴 말씀이었다. 헬레니즘과 동양문명이 만났던 크레타 섬이 키운 대작가의 묘비는 소박했다. 그러나 그의 작은 묘비는 내게 거대한 파르테논 신전, 그 이상의 무엇으로 다가왔다.

산방의 가을 손님들

어제는 첫눈이 왔고 오늘은 하루 종일 늦가을 비가 내리는 둥 마는 둥 하고 있다. 계절이 오고 가는 길목이어서인지 가을비에서는 가을의 체온이 느껴지고 첫눈의 잔설에서는 겨울의 혼을 보는 것 같다. 하늘이 잠깐 갠 오후 2시쯤 손님 세 분이 오셨다. 조선 중기의 명유(名儒) 기대승의 삶을 흠모하여 장성 월봉서원 옆에 사는 강기욱 선생, 사업을 접은 채 만행을 즐기는 이재형 선생, 상대의 전생을 보고서 현재의 어려운 상황을 타개하도록 도움을 주는 강응길 선생의 방문이었다.

머리가 반백인 독서광 이재형 선생이 얘기 도중 "나는 속이 없는 사람이오"라고 한 말에 내가 "속이 없다는 것은 무아(無我)를 뜻합니다. 나를 없애고 세상과 한몸이 되는 것이 무아입니다"라고 답했던 것이나, 강기욱 선생이 산방 위치를 묻기에 "뒷산 정상이 보성군과 화순군의 경계입니다. 정상에 떨어지는 빗방울이 허공에서 바람을 만나 보성으로 떨어지면 섬진강이 되고, 화순으로 떨어지면 영산강이 됩니다"라고 얘기한 것도, 그들이 떠나고 난 지금 '어찌 바람과 빗방울의 인연만일 것인가' 하고 나를 상념에 잠기게 한다.

전생을 본다는 강응길 선생이 손님 중에서 가장 많은 얘기를 했던 것 같다. 사람들이 현재 하는 일은 대부분 전생에 하던 일과 연결되어 있더라는 강 선생의 말은 『법화경』의 다음 구절을 떠올리게 했다.

전생 일을 알고자 하는가(欲知前生事)

금생에 받는 그것이다(今生受者是)

내생 일을 알고자 하는가(欲知來生事)

금생에 하는 그것이다(今生作者是)

강 선생은 내 전생에 대해서도 길게 얘기했다. 나는 반신반의하면서도 내가 보지 못했던 삶이기에 자못 흥미롭고 어떤 부분에서는 생뚱맞은 느낌으로 들었다. 나는 신라시대에 화랑이었는데, 특히 달리는 말을 타고 화살을 잘 쏘는 사람이었다고 한다. 신라가 망하자 고구려 땅으로 건너가 사냥을 생업으로 하면서 살다가 원효스님의 사상에 심취해서 그동안의 살생을 참회하고는, 이후 생부터는 법사가 되어 비승비속으로 절에 드나들었으며 특히 『대승기신론』에 달통했다고 한다. 그런데 법사를 하는 동안 경학(經學)에 어두운 스님들을 무시한 업을 지어 지금은 그 업을 씻는 한편 복을 짓기 위해 고승들의 삶을 기리는 글

전생 일을 알고자 하는가. 금생에 받는 그것이다.
내생 일을 알고자 하는가. 금생에 하는 그것이다.

을 쓰고 있다는 이야기였다.

앞으로는 고승뿐만 아니라 그 제자들을 세상에 드러내는 글도 쓸 것이라는 강 선생의 말은 나를 내심 놀라게 했다. 얼마 전부터 고승의 제자들 얘기도 글로 써야겠다고 마음속으로 구상하고 있었기 때문이다. 중국 10대 선사들에 대한 이야기인 『뜰 앞의 잣나무』를 집필하면서 친분이 있는 전국의 선원장 스님들을 만나는 동안, 문득 이분들이야말로 인간정신을 갈고 다듬는 인간문화재가 아닌가 하는 생각이 들었고, 지금부터라도 이분들의 삶을 기록해 남겨야겠다고 계획했던 것이다. 우리가 사는 세상에 왜 수행자들이 존재하는지 그 까닭을 알리는 것도 내가 해야 할 일인 듯싶다. 판소리를 잘하거나 도자기를 잘 만드는 명인 등에게는 인간문화재라고 이름을 붙여 정부 차원에서 보호하면서, 정작 인간정신을 아름답게 고양하는 수행자들에게는 그런 사회적 명예를 부여하는 데 어째서 인색한지 의문이 들기도 했다.

나는 손님들이 고마워 지리산 야생차를 꺼내 우려서 권했다. 강 선생은 거실에 걸려 있는 선친의 초상화를 보더니 생전에 복을 많이 지은 분으로 영가가 아주 편안한 곳에 계신다고 단언하기도 했다. 불효자인 나는 그 말에 솔직히 위로를 받았다. 동시에 선친을 실망시켜드렸던 일들이 주마등처럼 스쳐갔다. 선친은 아상(我相)이 강한 나를 염려하여 작고하시기 전에 유언으로 "손님들에게 정성을 다해 접대하라 (接賓客)"고 당부하셨던 것이다.

선친은 자라나는 아이들을 사랑하시어 손자 손녀가 아니라도 누구의 자식이건 간에 지갑에서 지폐를 꺼내주고는 즐거워하셨던 분이었다. 그래서 나는 선친이 사용하던 지갑에 깨끗한 지폐를 넣은 뒤, 유택(幽宅)에 누우신 선친의 가슴에 안겨드렸다. 내생에서도 남에게 베풀고 그곳의 아이들을 사랑하시려면 당신의 지갑이 있어야 할 것 같아서였다.

저녁시간이 되어 나는 손님들을 면소재지 식당으로 안내하여 수제비를 먹고 집으로 돌아와 또 차를 서너 잔 마신 뒤 헤어졌다. 차갑지만 왠지 포근한 느낌의 가을비와도 같았던 선친이 그리워서 그랬던 모양이다.

인생은 짧고 예술은 길다

요즘은 아침 햇살이 산을 넘어오는 오전 9시쯤에 산방을 나선다. 산책길에서 가장 먼저 눈에 띄는 것은 바람에 뒹구는 낙엽이다. 밤새 들어도 질리지 않는 음악이 있다면 그것은 낙엽이 뒹구는 소리일 것이다. 아무리 좋은 명곡이라도 여러 번 들으면 귀가 지치지만 파도소리와 흡사한 낙엽이 구르는 소리는 들을수록 귀를 더 기울이게 만든다.

그런데 이제는 그 낙엽 뒹구는 소리가 내 가슴을 한없이 어둡고 무겁게 한다. 뜰에 떨어져 있는 낙엽만 봐도 다시 만날 수 없는 사람의 발자국처럼 나를 허전하게 만든다. 지금 나를 우울하게 하고 있는 지인은 유명을 달리한 화가다. 어느 미술평론가는 그를 천재화가라고 부르기를 주저하지 않았다.

젊은 나이의 그가 사망했다는 소식을 듣고 나는 바로 서울로 올라갔다. 내가 사는 시골 간이역에서 완행열차를 타고 익산역에 가서

KTX 열차로 환승하여 서울로 가는 내내 후배인 그 화가를 떠올렸다. 그를 처음 만났을 때는 내가 삽화를 청탁하는 등 그에게 도움을 주는 처지였다. 샘터사에 다닐 때 이미 고인이 된 최쌍중 화백의 추천을 받아 알게 된 그는 당시 무명화가나 다름없었다. 몇 년이 흐른 뒤 그는 만학도로서 러시아 상트페테르부르크 국립미술대학으로 유학을 갔다. 한동안 소식이 없더니 어느 날 헐레벌떡 나를 찾아왔다. 사연인즉 러시아로 돌아가야 하는데, 비행기표 살 돈이 없다는 것이었다. 비행기표 살 돈이 없다는 것은 당장 생활비도 여의치 않다는 말로 들렸다. 나는 두말없이 내 월급 가운데 3분의 2 정도를 가불하여 그의 손에 쥐여주었다.

그는 이후 유학을 마치고서 나를 찾아와서는, 예술철학 졸업시험을 구두로 보는 중에 '사실주의를 말하라'는 질문을 받고 당시 내가 연재하던 성철스님의 일대기를 그린 소설 『산은 산 물은 물』을 떠올리고 "산은 산이고 물은 물이다"라고 답변하여 여러 러시아 교수들을 놀라게 했다는 얘기를 전했다. 그는 형의 은혜를 어떻게 갚으면 좋겠느냐고 물었다. 나는 그때 지갑에 넣고 다니던, 지금은 돌아가시고 안 계신 부친 사진을 꺼내어 "그렇다면 초상화나 그려주지그래"라고 부탁했다. 결국 그는 아버지 초상화뿐만 아니라 몇 년 뒤에는 그즈음 83세를 맞으신 어머니 초상화까지 그려 내게 선물하는 의리를 보였다. 그가 그려준 아버지와 어머니의 초상화를 보면 그림이 어찌나 사실적인지 지금도 나와 함께하는 듯한 행복감과 안도감을 준다. 값으로 환산

할 수 없는 그의 진심이 담겨 있기 때문이다. 나에게는 최고의 선물이자 그에게는 최고의 명작이 아닐까 싶다.

서울에 도착하여 서둘러 병원으로 문상을 갔다. 이제 겨우 중학교 3학년인 그의 외아들을 보자마자 영정 속의 그가 야속했다. 영정은 그가 그림 그릴 때 편하게 입곤 했던 티셔츠 차림의 사진이었는데, 얼굴에 희미한 미소와 냉소가 어려 있었다. 부인은 건강진단 한 번 받아보지 못하고 그를 죽게 한 책임이 자신에게 있다며 눈물을 흘렸다. 20여일 전에야 간암 말기라는 사실을 알았으니 회한이 사무칠 만도 했다.

그와 함께 '형제전'을 연 적이 있는 그의 형은 동생의 천재성 속에서 비극을 읽었다. 이미 이삼십 대에 천재화가라는 평을 들었으니 계속 새로운 것을 보여주어야 했던 그 이후의 세월이 동생에게 얼마나 괴로웠겠느냐는 진단이었다. 작품을 사가던 고객을 탓하기도 했다. 고객이 부르는 밤의 술자리를 거절하지 못하고 계속 어울리다가 간이 상했으리라는 원망이었다. 우리 둘째딸아이도 아저씨가 불쌍하다며 눈시울을 붉혔다. 딸아이가 중학생일 때 그의 화실에 데리고 간 적이 있는데, 행복하게 그림을 그리는 그의 모습을 보고서 딸아이도 '나도 아저씨처럼 행복해지고 싶다'라는 생각이 들어 그때부터 장래 진로를 예술 쪽으로 바꾸었던 것이다.

산책을 다른 날보다 일찍 마치고 산방에 돌아오니 거실에 걸린 아버지와 어머니의 초상화가 여느 날과 다른 느낌으로 다가온다. 예전엔

'인생은 짧고 예술은 길다'라는 금언이 진부하다고 여겼는데 그렇지 않다. 내 산방을 찾아온 손님들이 그가 그린 초상화를 보고 왜 찬탄했는지 이해가 된다. 친동생 같았던 이호중 화백의 명복을 빈다.